海上絲綢之路基本文獻叢書

願學堂集（中）

〔清〕周燦 撰

文物出版社

圖書在版編目（CIP）數據

願學堂集．中 /（清）周燦撰．-- 北京 ：文物出版社，2022.6
（海上絲綢之路基本文獻叢書）
ISBN 978-7-5010-7560-7

Ⅰ．①願… Ⅱ．①周… Ⅲ．①中國文學－古典文學－作品綜合集－清代 Ⅳ．① I214.92

中國版本圖書館 CIP 數據核字（2022）第 065632 號

海上絲綢之路基本文獻叢書
願學堂集（中）

著　　者：〔清〕周燦
策　　划：盛世博閱（北京）文化有限責任公司

封面設計：鞏榮彪
責任編輯：劉永海
責任印製：張道奇

出版發行：文物出版社
社　　址：北京市東城區東直門内北小街 2 號樓
郵　　編：100007
網　　址：http://www.wenwu.com
郵　　箱：web@wenwu.com
經　　銷：新華書店
印　　刷：北京旺都印務有限公司
開　　本：787mm×1092mm　1/16
印　　張：12.875
版　　次：2022 年 6 月第 1 版
印　　次：2022 年 6 月第 1 次印刷
書　　號：ISBN 978-7-5010-7560-7
定　　價：92.00 圓

總緒

海上絲綢之路，一般意義上是指從秦漢至鴉片戰争前中國與世界進行政治、經濟、文化交流的海上通道，主要分爲經由黄海、東海的海路最終抵達日本列島及朝鮮半島的東海航綫和以徐聞、合浦、廣州、泉州爲起點通往東南亞及印度洋地區的南海航綫。

在中國古代文獻中，最早、最詳細記載『海上絲綢之路』航綫的是東漢班固的《漢書·地理志》，詳細記載了西漢黄門譯長率領應募者入海『齎黄金雜繒而往』之事，書中所出現的地理記載與東南亞地區相關，并與實際的地理狀况基本相符。

東漢後，中國進入魏晉南北朝長達三百多年的分裂割據時期，絲路上的交往也走向低谷。這一時期的絲路交往，以法顯的西行最爲著名。法顯作爲從陸路西行到印度，再由海路回國的第一人，根據親身經歷所寫的《佛國記》（又稱《法顯傳》）一書，詳細介紹了古代中亞和印度、巴基斯坦、斯里蘭卡等地的歷史及風土人情，是瞭解和研究海陸絲綢之路的珍貴歷史資料。

隨着隋唐的統一，中國經濟重心的南移，中國與西方交通以海路爲主，海上絲綢之路進入大發展時期。廣州成爲唐朝最大的海外貿易中心，朝廷設立市舶司，專門管理海外貿易。唐代著名的地理學家賈耽（七三〇～八〇五年）的《皇華四達記》記載了從廣州通往阿拉伯地區的海上交通『廣州通夷道』，詳述了從廣州港出發，經越南、馬來半島、蘇門答臘半島至印度、錫蘭，直至波斯灣沿岸各國的航綫及沿途地區的方位、名稱、島礁、山川、民俗等。譯經大師義净西行求法，將沿途見聞寫成著作《大唐西域求法高僧傳》，詳細記載了海上絲綢之路的發展變化，是我們瞭解絲綢之路不可多得的第一手資料。

宋代的造船技術和航海技術顯著提高，指南針廣泛應用於航海，中國商船的遠航能力大大提升。北宋徐兢的《宣和奉使高麗圖經》詳細記述了船舶製造、海洋地理和往來航綫，是研究宋代海外交通史、中朝友好關係史、中朝經濟文化交流史的重要文獻。南宋趙汝適《諸蕃志》記載，南海有五十三個國家和地區與南宋通商貿易，形成了通往日本、高麗、東南亞、印度、波斯、阿拉伯等地的『海上絲綢之路』。宋代爲了加强商貿往來，於北宋神宗元豐三年（一〇八〇年）頒佈了中國歷史上第一部海洋貿易管理條例《廣州市舶條法》，并稱爲宋代貿易管理的制度範本。

元朝在經濟上採用重商主義政策，鼓勵海外貿易，中國與歐洲的聯繫與交往非常頻繁，其中馬可•波羅、伊本•白圖泰等歐洲旅行家來到中國，留下了大量的旅行記，記録元代海上絲綢之路的盛况。元代的汪大淵兩次出海，撰寫出《島夷志略》一書，記録了二百多個國名和地名，其中不少首次見於中國著録，涉及的地理範圍東至菲律賓群島，西至非洲。這些都反映了元朝時中西經濟文化交流的豐富内容。

明、清政府先後多次實施海禁政策，海上絲綢之路的貿易逐漸衰落。但是從明永樂三年至明宣德八年的二十八年裏，鄭和率船隊七下西洋，先後到達的國家多達三十多個，在進行經貿交流的同時，也極大地促進了中外文化的交流，這些都詳見於《西洋蕃國志》《星槎勝覽》《瀛涯勝覽》等典籍中。

關於海上絲綢之路的文獻記述，除上述官員、學者、求法或傳教高僧以及旅行者的著作外，自《漢書》之後，歷代正史大都列有《地理志》《四夷傳》《西域傳》《外國傳》《蠻夷傳》《屬國傳》等篇章，加上唐宋以來衆多的典制類文獻、地方史志文獻，集中反映了歷代王朝對於周邊部族、政權以及西方世界的認識，都是關於海上絲綢之路的原始史料性文獻。

海上絲綢之路概念的形成，經歷了一個演變的過程。十九世紀七十年代德國地理學家費迪南·馮·李希霍芬（Ferdinad Von Richthofen，一八三三～一九〇五），在其《中國：親身旅行和研究成果》第三卷中首次把輸出中國絲綢的東西陸路稱爲『絲綢之路』。有『歐洲漢學泰斗』之稱的法國漢學家沙畹（Édouard Chavannes，一八六五～一九一八），在其一九〇三年著作的《西突厥史料》中提出『絲路有海陸兩道』，藴涵了海上絲綢之路最初提法。迄今發現最早正式提出『海上絲綢之路』一詞的是日本考古學家三杉隆敏，他在一九六七年出版《中國瓷器之旅：探索海上的絲綢之路》中首次使用『海上絲綢之路』一詞；一九七九年三杉隆敏又出版了《海上絲綢之路》一書，其立意和出發點局限在東西方之間的陶瓷貿易與交流史。

二十世紀八十年代以來，在海外交通史研究中，『海上絲綢之路』一詞逐漸成爲中外學術界廣泛接受的概念。根據姚楠等人研究，饒宗頤先生是華人中最早提出『海上絲綢之路』的人，他的《海道之絲路與昆侖舶》正式提出『海上絲路』的稱謂。選堂先生評價海上絲綢之路是外交、貿易和文化交流作用的通道。此後，大陸學者馮蔚然在一九七八年編寫的《航運史話》中，使用『海上絲綢之路』一詞，這是迄今學界查到的中國大陸最早使用『海上絲綢之路』的人，更多地限於航海活動領域的考察。一九八〇年北京大學陳炎教授提出『海上絲綢之路』研究，并於一九八一年發表《略論海上絲綢之路》一文。他對海上絲綢之路的理解超越以往，且帶有濃厚的愛國主義思想。陳炎教授之後，從事研究海上絲綢之路的學者越來越多，尤其沿海港口城市向聯合國申請海上絲綢之路非物質文化遺産活動，將海上絲綢之路研究推向新高潮。另外，國家把建設『絲綢之路經濟帶』和『二十一世紀海上絲綢之路』作爲對外發展方針，將這一學術課題提升爲國家願景的高度，使海上絲綢之路形成超越學術進入政經層面的熱潮。

與海上絲綢之路學的萬千氣象相對應，海上絲綢之路文獻的整理工作仍顯滯後，遠遠跟不上突飛猛進的研究進展。二〇一八年厦門大學、中山大學等單位聯合發起『海上絲綢之路文獻集成』專案，尚在醞釀當中。我們不揣淺陋，深入調查，廣泛搜集，將有關海上絲綢之路的原始史料文獻和研究文獻，分爲風俗物産、雜史筆記、海防海事、典章檔案等六個類別，彙編成《海上絲綢之路歷史文化叢書》，於二〇二〇年影印出版。此輯面市以來，深受各大圖書館及相關研究者好評。爲讓更多的讀者親近古籍文獻，我們遴選出前編中的菁華，彙編成《海上絲綢之路基本文獻叢書》，以單行本影印出版，以饗讀者，以期爲讀者展現出一幅幅中外經濟文化交流的精美畫卷，爲海上絲綢之路的研究提供歷史借鑒，爲『二十一世紀海上絲綢之路』倡議構想的實踐做好歷史的詮釋和注脚，從而達到『以史爲鑒』『古爲今用』的目的。

凡例

一、本編注重史料的珍稀性，從《海上絲綢之路歷史文化叢書》中遴選出菁華，擬出版百册單行本。

二、本編所選之文獻，其編纂的年代下限至一九四九年。

三、本編排序無嚴格定式，所選之文獻篇幅以二百餘頁爲宜，以便讀者閱讀使用。

四、本編所選文獻，每種前皆注明版本、著者。

五、本編文獻皆爲影印，原始文本掃描之後經過修復處理，仍存原式，少數文獻由於原始底本欠佳，略有模糊之處，不影響閱讀使用。

六、本編原始底本非一時一地之出版物，原書裝幀、開本多有不同，本書彙編之後，統一爲十六開右翻本。

目録

願學堂集（中）

願學堂集（中）

卷七至卷十四

〔清〕周燦 撰

清康熙刻本

願學堂文集卷之七

臨潼周　燦星公著

說

思親圖說　丙申

嗚呼余不獲侍家大人也已三易冬春矣憶家大人在時旦夕承歡孺慕之懷期以無盡不預計其有今日也戊午季秋家大人見背呼搶之中荒迷無知繼而相視原野經營窀穸祥禫未幾淹忽三年乃不計其有今日者而竟至於今日也已焉哉尚何言哉余

七齡失恃家大人愛之憐之提携訓誨不使少離膝下迨籍以來兩官京邸再返丘園長兄先逝仲兄遠宦余依依色笑時不忍遠而至於今日不獲侍家大人也竟如斯焉巳矣嗚呼痛哉因追憶生平所歷繪爲十圖展閱之際其間少壯老大不一其時憂樂窮通不一其遇家大人憐愛之情四十年如一日也雖罔極深恩不匱之思有不可以十圖盡者而流覽景物回首當年聊藉是以自慰焉耳然形神既遠想像徒勞復不禁掩卷而興悲也嗚呼痛哉尚何言哉

勝國癸未冬邑遭闖寇之變余生母常太孺人早卒嫡母王太孺人暨庶母屈氏同歿於難逾年甲申爲聖朝定鼎之年余方九歲父娶繼母劉氏同侍祖母任太恭人併携長兄旭公避亂於邑東之雎家堡父以余失母子晝則同几而食夜則聯榻而寢竄居是堡者半載水天雪岸不堪回首故鬭東山避亂爲第一

余自遭播亂以來遷徙靡常兩從塾師得通四書大義至是父將營室東郊劉家堡乃携余返邑城舊宅

教授尚書余每讀一篇必先請講說一遍易於記誦此戊子己丑間事也故圖深院傳經爲第二

甲午冬家大人遷授江南宿遷令遣迎祖母及劉繼母會長兄由四川梓潼令擢廣東雷州郡丞遂於乙未春侍以同往時仲兄漢公亦歸自都門一堂歡晤稱樂事焉丙申夏祖母見背家大人留宿候代余於是秋扶柩西旋計在宿將及二載一回憶之馬陵一片月猶皎然几案間也故圖鍾吾省覲爲第三

丁酉春家大人歸里居邑東劉家堡是年秋余鄉闈

獲儁家大人喜不自勝取甲子壬午辛卯及茲歲試錄彙成一函曰此吾父子兄弟賢書也嗚呼余顯揚之恍未盡萬一其負家大人期許也多矣故圖秋原奪錦爲第四

己亥再行會試余叨捷南宮冢

先帝簡拔瀛廁玉署之末時長兄爲鳳陽守父暨劉繼毋同在南中余迎養至京常謂余曰侍從清班貧逾於富勿以日用計易爾素志余今甘貧之念無異往昔而一菽一水承歡無由也故圖玉堂問視爲第

五

癸卯秋余以司寇員外郎分校畿闈值枋國者大興衞文之獄一時典試事者被逮數十人幽囚法署八月有餘家大人日就視羈所相對欷歔無可告語余乃齋戒三日於九月十五日禱告於正陽門之關夫子祠願減筭一紀得事老父以終餘年夜夢關夫子從雲端伸一足下大聲謂余曰汝有善念吾代汝轉奏上帝矣旣而釋免故圖請室夢禱爲第六

庚戌

皇上親政以來奸黨既誅申理被枉諸臣余復蒙
名用辛亥春侍家大人北上時劉繼朔已亡同行者
爲張虞翊暨内子也既抵都吏部題請補給順治十
八年　覃恩勅命父母妻室得照例贈封以久格之
典沾荷　洪慈榮及老親不敢忘也故圖紫誥榮須
爲第七
癸丑余以前任禮部微眚謫補光祿署正歷任年餘
家大人懷思鄉土意欲言歸余義不敢留乃陳情侍
養蒙　恩俞允出都之日諸同人爲忠孝完人册送

余時甲寅春三月也故圖光祿歸養爲第八

余旣得歸里於居舍南築墻爲圃構屋三楹前對東西繡嶺題曰雙峯草堂雜植花卉日侍家大人暨大伯父往來其間白髮兄弟並肩出入邑藩伯王茂衍爲家大人作壽序云如南極老人同太乙眞君談河洛理數而卯金子執簡操筆趨蹌於其間也如是者五載見者無不歎慕故圖草堂春暖爲第九

嗚呼圖至此不忍言矣家大人旣棄世議者謂宜更求佳兆以蔭後嗣余念舊塋爲先王父藏神之所亦

郎爲余家發祥之地未敢改作仍奉家大人暨仲兄之柩於己未春季葬於祖墓之右次歲庚申大伯父亦亡葬於祖墓之左生則同堂歿則共域庶仰慰夫先靈云爾至白楊連隴煙雨迷離一瞻望之余不覺腸寸寸斷矣故圖南阡夜雨爲第十

願學堂文集 卷之七

姪增字說 辛酉

增對臧言大易損益之義造化消息之機也四時之遞運二曜之代明天之道也神龍以潛彰其用尺蠖以屈求其伸物理亦然大象以燕息隨群動息於夜貞機回復而爲朝六陰息於晦貞陽逆受而成朔息之時義大矣哉字汝曰息俟生生之妙增之至理也孟子言存心謂日夜之所息而仁義之存亡驗之好惡之遠近此又善言息者也汝其勉之

何伯龍曰以字說發明經學非修詞家所及

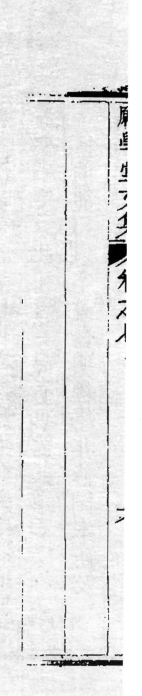

姪垓字説 辛酉

傳稱八垓方域之廣者也化理之要不於廣焉求之琴之張弛發機於彊戶之開闔運動於樞君子有取於反約之理焉夫子教人約之以禮曾子之學以守約爲本葢約則持已也嚴與人也忠有恭儉之義焉不恭則傲不儉則奢子謂奢則不遜書稱象傲是恭儉者自治治人之要而約者恭儉之本也字汝曰約俟其亦顧名思義也夫

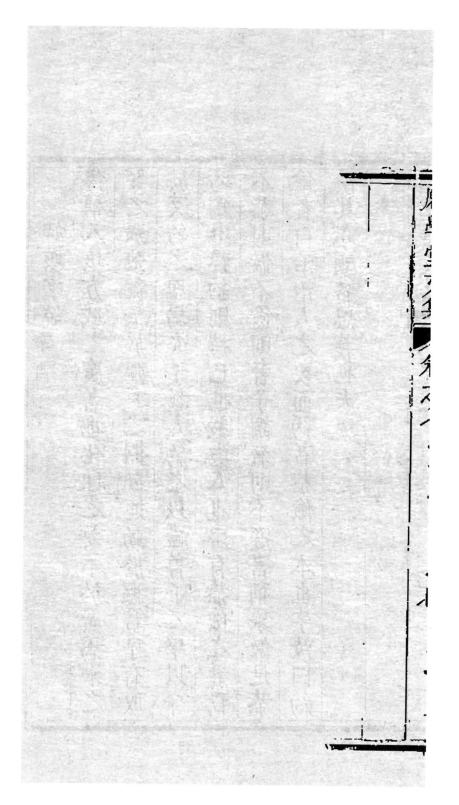

婞堭字說 辛酉

王者深居端拱基命宥密而堂皇之制有屋無壁義則何居古太守搴帷露冕以防民隱況君門遠於萬里煢煢小民安敢見天子而言情乎此亦明目達聰之義防煬蔽也吾儒在世大道爲公廓然之懷民胞物與其所以爲蔽者人欲之私耳孔子告顏淵克己復禮爲仁人欲去而天理存萬物備我天下有不歸仁者乎是可徵之堂皇之義也今字汝曰開侯尚恢弘其量勿蔽汝堭也夫

姪域字說 辛酉

先王畫疆分理以域民也小而溝涂大而城廓必截然有方然後經界正而民不爭是域有取乎方也故古語有方域之稱孟子謂規矩方圓之至而平天下者不曰絜規而曰絜矩葢圓則意取渾融尚容出入方則意取中正前後左右上下有一不齊之處即有一不絜之矩也圓屬乎權方屬乎經孔子無可無不可聖而化矣而從心所欲不踰矩權而不失乎經圓而不失乎方之意也故字汝曰方侯其愼守汝域也

婢怨

孫豹人曰匡衡解頤不過如是不意字說中得此

說書之文

願學堂文集卷之八

臨潼周　燦星公著

書一

與王九青 戊午

不孝積愆莫贖，先嚴見背，五內崩頹，呼天莫應，憶自足下榮歸以來，秋水之思無日不為耿耿，祇以先嚴年高多恙，次侍無人，擬仲兄旋家問視少間，然後策蹇來訪，一傾渴懷。不意今歲夏初聞訃，荼痛折荊，枝肝腸欲絶，復恐先嚴情不能堪，匿不以聞，麻衣待賓華服侍膳四旬餘日靈柩奄至雖諸父昆弟勸慰再三先嚴中懷之痛不能自釋入秋神氣漸平乃八月初旬痰火劇作多方調治竟不能起一旦長訣哀曷可言自先嚴抱恙不孝衣帶不解五十晝夜賓天以後嘔血三日支持喪務形神俱瘁展轉終七又復五旬奄奄餘息幾不能生又擬過此以往心魂稍定庶可圖襄大事不意上天降割災禍頻仍乃仲冬二十有五日而室人長逝矣廿年伉儷一旦分張況摧毀之餘甫動念而魂不能返長號呼而淚無可揮出

人徬徨嗒然若喪嗟乎哭兄未已而哭父哭父未已而哭妻半載之間骨肉離析一堂之上嬰孺縱横身非金石心非鳥獸人生至此何以自釋想足下知我憐我聞之未有不隕涕者也兹以禮垂定制時際多艱不敢久稽謹擇於來年三月初二日安厝先塋泣念先嚴自生不孝以來生不能竭菽水之歡終不能盡殯殮之禮跼天蹐地無以自容妄冀得仁人君子如椽之筆勒之幽堂以垂不朽尚可少贖萬一之愆伏惟足下以太華終南之間氣為石渠天祿之儒宗

九州望其風采百代傳爲典型況先嚴叨在年誼情忝通家故敢冐昧上瀆倘蒙慨許錫之誌銘不但不孝感佩終身卽先嚴亦當啣結於地下也至先生毋棄不孝早寄葬先塋之西數十武青烏家言其地頗吉不宜輕動固不足信但先塋以舊塚迫隘取兆無所不得已暫從其舊誌中應否點出統候鴻裁

復浙逢源 己未

弟少好學詩長而未遑官西曹日遇一二詩友朝夕切劘漸覺有得自此研究益力不能自止益如芻豢悅口有欲罷不能者假歸以來俗務日集心緒紛紜遂復閣筆數年前偶閱先儒語錄不覺有會於心再三探討日益無窮覺向日之所深嗜者又復味同嚼蠟矣蓋詞章之學只可悅心此則爲盡性之業詞章之學不過一時遣懷適興之具此則自少壯以至老死立身行己應人接物有一刻不能離者故昔日喜

得一二詩友使我學問不至絕迷今日又未嘗不悔曰使當日得遇一二高賢仁漸義摩豈不已優入聖域徒孜孜矻矻枉費二十年工夫何益也先生山斗之品淵源之學不棄狂瞽每下蒭蕘之詢然以弟之所不欲爲者而遂不效他山之攻是褻先生也以弟之所不欲爲者而復沾沾焉以相告是謂先生之學止於此是齊人之所以待宣王也是棄先生也褻先生不敢棄先生尤不敢故斗膽上陳願先生以高懷卓見掃去一切直尋向上一路蓋人生有限百年易

過安身立命之處在此不在彼也然弟肎肎言之似覺所對非所問復慮此日不言先生後日或遇高賢指點於聖學有得又豈不以弟之悔他人者悔弟也

詩體明辯一部呈來恐蹈失信之譏寄呂垣宇書一

對討涇野集望鼎力致之歲內便人帶來感曷可言

孫豹人曰文章一小技於道未爲尊詩人如老杜已言之矣若作詩有合於興觀羣怨復何悔之有

此文特自言所得讀者宜共佩之

與武叔玉 辛酉

日來讀先儒語錄以所言道理返躬體認眞如魚在水中有一刻不可離者若離一刻不但應人接物之間無窮窒礙即飲食言語之恒未嘗不下咽直是從脊梁過去未嘗不開口有不免牙關挫耳此種道理令人恐怕又令人快活愈做愈不能歇手也吾兄近日工夫所得何如幸示我以見交修之益讀書吟四章非謂於聖學有見但借之以警惕身心耳呈來以博一笑

願學堂文集　卷之八　五

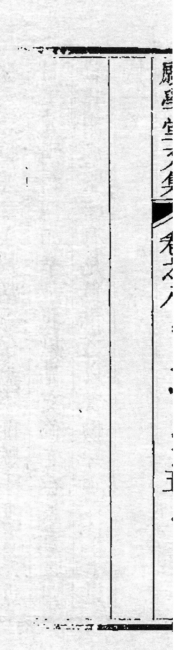

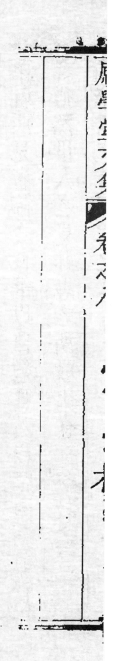

與李晴嵐 辛酉

世之譚朱陸之學者爭勝固非調停之説亦不是葢愈調停愈以啓爭勝之口此北海考正晩年定論之所由作也善乎少墟先生之言曰朱陸薛王不同而同歸於儒我輩既學爲儒第就前人所言有合於心者身體力行以自策勵其有不合者反覆思維要歸至當紛紛議論無益也擬和鵝湖鹿洞詩各四首亦第就所見者識之口筆以自勉耳若以晒兩家船責之猶然世人之見非愚之所敢出也幸終教之

復申錫禹 辛酉

昨足下云理學詩難和謂非到家人不能說到家話也今讀大作見地超朗以精微之論質之行習之恒方是中庸正理𪾢湖鹿洞可無異議矣非深入鄒魯堂奥者不能拜服拜服足下英年雅望詞翰揚中已推爲一代桓文從茲歛華就實由博返約卽就所見所言者體之事爲之間日漸月漬久之自覺有别他日續關學編者當借鴻名以光耀後先又豈但爲驪下一人已哉望望

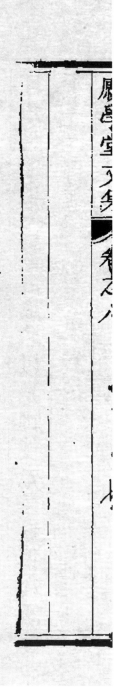

復靳逢源辛酉

拜讀尊翰委曲諄切愛同骨肉至以明道橫渠相期許竊恐儗非其倫然亦未嘗無其志矣尊翰謂所求於先人者重所以自任者輕嘗見世人非無自任者不過以名爵圖其顯揚衣食致其豐潔一堂之上朝夕之間勤勤懇懇求悅親心而行已有遺持躬多舛遺譏人寰流穢後世忘身及親而不之顧此所謂養其一指而失其肩背也即古人如展雄桓魋亦未必涷餒其父母彼其尊親以難犯之勢養親以易致之

財其心亦未嘗不自以爲曾閔若也使無賢兄聖弟竝生一時其親亦竟以雄甦父母終矣此義弟知之頗悉而志之不立行之不逮者亦以習氣太深欲障太重如久錮之鑑猝然瑩之正非易事所望者讀諸先儒遺訓頗有感發又得良友如先生與叔玉交相戒勉不敢自替耳尊翰謂聖門教學相長只是求仁蓋天地之大德曰生元居四德之首於時爲春於人爲仁仁於人爲生之理春於時爲生之氣而氣之生生不已者亦理也總一仁也故又曰君子體仁足以

長人聖賢離此無學帝王離此無治天地離此亦無
所謂化育此理充塞宇宙貫徹古今人之於仁不但
如魚之於水不可離亦且如影之於形不能離特百
姓日用而不知耳前讀羅近溪先生集言之甚詳郎
近日工夫亦不能舍此別有所求復承明教更覺有
契於懷涇野集併垣老札領訖北上在邇握晤無期
燕秦遙望各自勉旃臨啓不盡

廣學堂文集卷之八

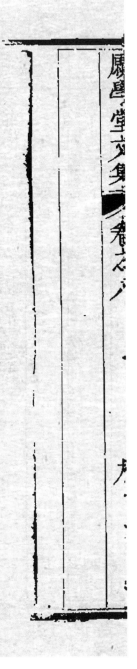

與李中孚書　辛酉

客歲暮春有金陵之行秋杪旋里家伯父又復見背經營喪務數月方畢故未得修函致候而企慕之衷實未嘗一刻忘也伏念先生道範攸隆朝野屬望非不欲以一代經綸自見而念及千聖絕學萬古人心一身肩荷有重有輕汲汲皇皇勢難兼顧豈若上世辭榮高蹈之士所可擬量萬一也新春偕敝邑二三同志之士有武文學叔玉李孝廉晴嵐靳明經逢源李文學玉華以人情風俗日趨於薄凌競之習至有

不可言者攢眉相向思一維挽而道力淺薄與起維艱擬邀大駕東來為之倡導少振頽風又以賤制已闋上擬日催不獲如願然敝邑二三人士當極壞極敝之時得知有理學一事競相砥礪思以正已正人又無非先生高風所動也感佩何佀南中所見書則有王龍溪王心齋羅近溪集言殊理一返求諸心皆覺有契人則有吳門熊蕉林諱占者程雲莊先生門人也甘貧樂道閉戶讀書月為一會聯同志之士講明聖學此近日所罕見者渠知先生頗悉先生亦嘗

聞其人乎前四書訓俗歌已付剞劂併近作八首統
呈清覽弟擬禊日北上未知後晤何時千秋知己兩
地懷人言之不禁愴然

願學堂文集卷之九

臨潼周　爍星公著

書二

上葉訒菴學士 辛酉

爍西秦鄙士，半世浮沉，學問未成，修爲不逮。每承先生年臺過賜垂青，曲加奬借，以道德文章爲之期許。雖春風披拂，不遺蔓草，而返懷自省，實用生慚。前匆匆出都，未及趨别。及承諭先祖墓誌行狀，深感注存。耑此録上。伏念先祖官僅臬副，名位卑微，原無足述

但當奢寅倡亂之時撫臣被害全川震動提師救援
西南半壁危而復安其詳載兩朝從信錄可考彼時
已值魏閹擅政以題報者失于歸功故平奢一案率
置而弗錄至今言之令人慨嘆再考往代有保一城
安一方功在民生者即婦人女子亦在褒揚之列似
不以名位為輕重茲先生年臺統領史局正千秋傳
是之日倘蒙鑒定一言之下俾先祖藉以不朽不但
一人一家之感使前朝缺事為之光昭所關非鮮淺
也中元節後即擬着鞭拜瑞匪遙先此馳佈

答武叔玉 辛酉

拜別以來馳驅世境惟以見異而遷爲懼遠承明訓不勝感仰至心性意識才情諸解尤見卓識朱子謂心有善惡性無不善此千古確論蓋性屬先天在天爲理賦於人爲性理純一而不雜故性至善而無惡此大易有繼善成性之說孟子道性善爲荀楊諸子所不可及者心屬後天麗於氣質故不能有善無惡此虞廷有危微精一之辨孔子有操存舍亡之戒也但性無爲而心有爲故從古聖賢治心之外更無復

性之功存心即所以養性而知命知天無二道也至意識才情四者吾見與晴嵐所見皆同大抵意識屬心易流于惡才情屬性多出于善心性二字爲學問大關頭儒釋之辨在此朱陸之異同亦在此羅整菴先生言之至詳此處參得透徹群言自不能惑也若太極西銘歸諸體用之說此一時就大段言之太極豈無用之理西銘豈無體之道乎吾見天道人道所見極切敬服敬服吾邑近日再有講此道者否幸示我知此書與晴嵐閱之草草不盡

寄從弟焜　壬戌

三月廿一日聞八叔訃音爲位而哭製服如常儀邇來吾家老成凋謝後進無所矜式如八叔篤行君子年僅逾甲猝然退逝尤爲傷悲寄來薄儀同燧弟置瓣香楮焚告靈前爲望附有囑者吾弟近年操行有素無忝家風今伯父又亡出入無依立身行己尤須益加勉勵家門以内事伯母如母教幼弟如子上下區畫務求盡善至在外應接以安靜退讓爲主勿求生財不費財便是自足之道勿思勝人不惹人便是

自貴之義安貧守分爲吾家添一好人豈非美事如八叔生平品望爲人敬慕典型在邇取則匪遥愚兄之言似覺迂濶然皆聞之前人叅之經書驗之人世非無所本而云然也把筆不盡哀切

寄武叔玉

晤晴嵐知道範日高令譽日著鄉里之人咸爲欽仰可見天理在人秉彝之好俱有同心然移風易俗之功不得不推重吾兄也弟以菲材奉 賜卹安南之命廷推之日或謂品服有加此榮差也或謂間關萬里此苦差也在弟胸中祗知 君命當尊臣職當盡榮與苦俱不足以動念此意唯晴嵐與吾兄知之斯逢源高才絕世晚年始知向學間出議論有前賢所不及者一旦奄逝可爲吾道之悲前寄有涇野秦關

兩先生語録註解當圖梓之使不泯於後世茲以小价西歸聊具薄儀代製葛衣一領知吾兄必不見拒也憑楮依依不盡

與應山任令

承惠忠烈公集不啻百朋之感輿中粗閲一遍眞足以先日月而泣鬼神此兩間正氣千秋不磨者聞邑中有祠頗覺踈漏足下清政之暇當不惜丹雘之施寄來薄貲以助工費其子憲副君亦以忠殁其孫令尹君昨未及詢問不知見在否賢者之後統希留神照拂拜聆風指知足下爲留心世教中人故不禁言之叨叨也臨啓翹切

寄方更兄

辛酉入都門得承手教又復兩載有餘西江鹽司議設于兵燹之後自非閒員可比但　朝廷爲息民計故欲省官以省事在吾兄爲息己計正不妨省事以清心見山亭畔木繁草緑翻古書課幼子人生樂事弟代爲吾兄謀亦深羨其如是而有不可必者昨過鄂渚知大駕西歸不遠後期旬日一晤維艱殊爲悵悵弟以迂疎無似之人奉　命萬里昔馬伏波至浪泊見飛鳶墮水回憶少游之言不勝感嘆弟行復過

其地覥吾兄東山高臥更當何如便風寄候言不能悉

寄衞禹濤

青門握別黯然神傷又六月中得抵星沙一路仰藉福庇轗策無恙但多病之軀藥餌之需在所不免耳吾兄淡寧自養道履應是清佳然吾人此心最忌煩擾養之之方子輿氏謂莫善于寡欲弟謂尤當擴充天理誦聖賢格言玩經書意味涵泳既深欲念不遣而自消不然東撲西起逐境強制未免勞而無功矣我輩千里關心養生大事孰有踰于此者乎弟冒暑山行荒村投止食不充腸卧不安枕晝夜辛勤猶能

勉強支持者亦清心有養之效也同病相憐不敢自
秘便風寄候併陳所見幸乖察是荷

寄劉巽生

武昌闕邸抄知門下已榮補西臺矣吾人當讀書懷古時堯舜君民之念未嘗不欲見諸施行不則或發諸議論以垂不朽及得時行道外而州邑被其澤者一方耳內而諸司行其志者一事耳歐陽修有言天下事惟宰相行之諫官言之然使諫官言之而行亦猶諫官行之矣是諫官與宰相並重也可不慎哉一言出而君德之進退世運之汚隆民生之休戚人才之消長皆于是乎係之屬望者在四海責備者在千

秋門下勉諸生且傾耳聽之矣別來且行且止又六
月中得抵星沙途間不敢濫用一夫一馬停驂之所
日用蔬米俱係自備當道除交際外不敢妄與一事
非矯情立異所以遵功令明素守亦恐貽知己羞也
貴衙門房慎菴衛禹濤前輩老成凡事可就正之羽
便寄候不盡欲言

寄王茂衍

舍姪來道清癯之狀尚在楊間弟聞之懼又道飲噉如常且善消此元氣未傷平復可俟弟又聞之喜再拜讀佳什及贈舍姪二篇乃命意疾書于調攝之際此自然耶抑勉然耶弟竊滋甚喜懼無從既而思之無非懷念之殷情動于中不能自已昔人誦他人詩文尚能治瘧愈頭風況佳句自鳴逸興遄飛此神充氣和之徵遂告諸友人曰斯自然之音也可以大喜而無懼矣但六年長別萬里間關一水盈盈不能握

晤是爲悵悵耳金風初動白露沾衣尚祈勉自珍重吾兄平日廣大精微兼盡無遺老子有言外其身而身存身尚可外況身以外者乎須屏去一切省事清心從容葆養坐迓天和此區區望之切故不覺言之縷縷也憑楮不盡

復熊青嶽相國 甲子

燦生長西陲素少學問早馳志於科名繼敝精於詞賦四十光陰如同彈指向因宅先君子憂讀禮之暇閒閱先儒語錄有會於心遂屏棄一切從中探求乃惝恍之見毫無主持未免逐境遷移庚申秋得侍函丈側聞緒論開瞽振聾受益良多歸家復讀敝鄉呂馮兩先生集如涉江河忽得舟楫頗覺操循有自但質庸衆重兼之世途勞勞牛羊斧斤環顧而攻困思先儒有言要從人倫日用處做工夫燦於每日應酬

問考証得失孜孜不遑至於潛心靜詣之業槪乎其未之聞也昨蒙枉顧指示眞切併前朝五大儒之說立論的確卽可爲後學標準不勝感服捧讀華翰兼賜瑤章褒獎逾分惶愧汗流得非大君子樂育心切故爲此誘進之詞乎昔人尙有聞風興起者況燦親承提誨期望殷殷雖自知駑鈍亦不敢不策勵也鮮纜在邇憑楮鳴謝不盡悚切

與武叔玉 甲子年

前確山一函不知曾達覽否弟客歲秋杪出關迴翔天外者四句交人多詐多傲傲則任己詐則疑人弟布之以公忠諭之以情理　君命無辱大禮告竣然非老長兄平昔切劘講論之益不至此也至臨別惓惓親同骨肉敬若神明因弟勉之以聖學其贈送之詩有云尼山已遠問驪山過情之譽固君子所耻其此感彼應至誠浹孚益信子輿氏人性皆善吾夫子蠻貊可行非虛語也茲返棹維揚遣役西歸肅函附

侯至邇來造請益精當有所見幸勿金玉千里相詔
何異芝之蘭同室乎臨池不盡翹切

願學堂文集卷之十

臨潼周　燦星公著

題辭

曹氏世翰題辭 壬子

壬子秋偶晤壽張令曹禹疏年兄握談之餘出家藏世翰相示拱而閱之次渠先生清勁似率更而華潤過之荆岩見山兩先生正大端嚴純乎魯公之體南谷先生勁直似顔而跡挻饒有柳意猗歟盛哉以有唐諸君子之長而畢萃於一家眞海內鉅珍也禹疏

文章政事爲當今山斗臨池揮翰兼擅鍾王之妙信淵源有自也昔右軍以筆勢論示大令謂勿輕傳他人四先生抑豈有所私耶

梁峒樵曰寥寥數語而叙次錯落饒有古趣此文中百鍊金也

題房愼菴廬墓圖 癸丑

孔子殁子貢築室於場獨居三年此弟子廬其師之墓也孟子稱之至廬其父母墓者史傳所載頗多此固常然之事不足爲異然人亦竟視爲常然而相與忘焉有行之者反駭嘆之不已是又無以風之之故也大抵人性之良有感而發有以風之即不常然之事亦奮勵從之無以風之即常然之事亦且因循棄之矣余同年房愼菴孝子也貞靖先生殁廬於墓側者三年迄今三十有餘載每言及先生殉節事輒泫

然泣下嗚呼若愼菴者知有親也知行吾常然者也而友人爲之圖且題于其後是欲舉以風天下後世勿視爲常然而相與忘焉庶幾乎與余有同心也余又見刲股者世以傷親體爲不孝夫人當呼天不應無可如何而忍痛以盡其心亦情之最可悲者矣而必謂之傷親體況此身生於親者也以之救親亦非好勇鬭狠登高臨深者比而不謂之孝何其忍也且世之烈婦有剔目截耳以見其志者矣而人則稱之於孝子而反抑之其亦過矣余欲告天下後世之孝

子勿爲人言惑也故因書愼菴之廬墓而倂及之

乾甫伯曰從心上實實體貼故有此等議論曾有

其骨而無其韻歐有其態而無其情吾陝自華州

而後僅見此文信足傳也

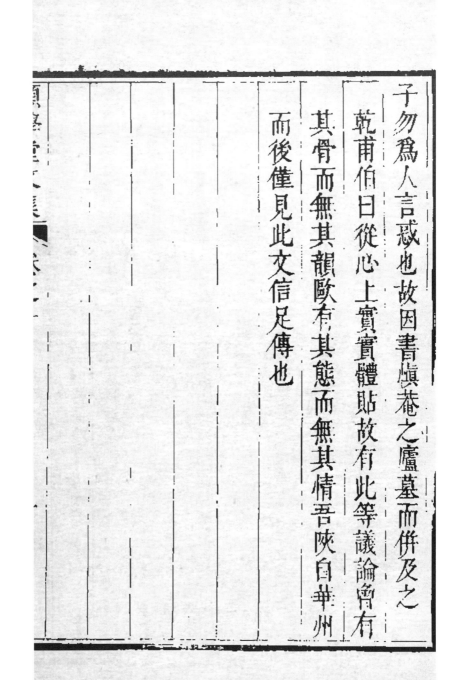

爲衛枚吉題董玄宰帖 甲寅

凡人子之所以事其親者烏有已乎於無可如何之中而不忘惓惓自致之念可謂孝矣明宗伯董玄宰先生工於書毋夫人歿書妙法蓮華經一卷以作冥福此亦自致其心於無可如何之中豈其以書見耶然海內重先生書得其隻字以琬琰藏之曲沃有仇先生曾爲雲間守得先生書頗多以此卷貽衛郎孫先生先生在先帝時爲少司馬議論風采至今朝士大夫類能言

之其家君枚吉今爲順天治中先生舊舍已易數十
主人矣枚吉增直購之曰此先人故居也廳事東有
屋二楹先生舊署曰靜寄東軒而其址已廢爲隙地
枚吉思其遺規而修之曰此先人讀書處也余一日
過訪因出此卷示余且告余曰余往來京師未嘗不
以此卷自隨有先人手澤不敢忽也嗚乎若枚吉者
可謂孝矣枚吉性簡靜澹然無欲爲少師夫子猶子
故交誼最篤見其居平飲食動履無一時不稱述先
人而於此卷獨攜持之不使一日離左右枚吉之心

亦豈其以書見耶余兹蒙

聖恩許侍家大人歸里聞枚吉言悚然有動於中因

跋以誌之

乾甫伯曰人子於父母殁而不忘久而益深其當

面錯過篤妻子而薄怙恃者曷可勝道觀此則枚

吉真孝子也而題此者亦可知矣

廣學堂文集　卷之一

題史記皇帝紀後 甲寅

司馬遷作史記以黃帝顓頊帝嚳堯舜爲五帝紀而無三皇司馬貞作史記補謂三皇乃君臣之始既論古史不合全闕遂以伏羲女媧神農爲三皇本紀自號爲小司馬是皆以意爲去取者也孔子有及史闕文之歎春秋去古未遠尚無信史可徵況由周而漢而唐歷千有餘年而遷刪於前貞補於後果何所據而然也古人多聞闕疑蓋疑不闕則信不傳闕疑正所以傳信也三皇既載古史詞雖荒唐義難芟去宜

從闕疑之例胡五峰以庖羲神農黃帝堯舜爲五帝其言曰是五君者有先天地開闢之仁後天地制作之義民到於今受其賜若少昊顓頊高辛僅可持其世而已觀五峰之言誠萬世不易之定論也故歷史至今遵之其兩司馬之說可不辨而自明矣嗚乎讀史者貴有定識況作史乎

孫豹人曰蘇穎濱作古史以證馬遷之失濟園指出小司馬之失皆善讀史者

題呂后本紀後 甲寅

余讀司馬遷呂后本紀不禁廢卷嘆曰嗚乎天道福善禍淫報應之理抑何彰彰如是哉方其彘戚姬酖如意滅梁燕趙而王諸呂何其逞快一時也然戚彘未幾而軹道之蒼犬據掖是殺人者實自殺也如意之酖方行而孝惠以驚憂夭絕梁燕二趙之殞未旋踵而朱虛兵入諸呂男女無少長皆就誅是殺人之子者實自殺其子滅人之族者實自滅其族也語云易刀兵而相殺不其然哉雖然使酈寄說而祿不解

印平陽之計未施而産得先入殿門則劉氏亦汲汲矣況嬌襄平之節以納太尉因謁者之載以斬更始漢諸臣之謀亦可謂行險僥倖矣然呂不滅則劉不興何以洩高帝在天之憤而快娥姁之報乎非天道使之然歟

題左傳後　乙卯

自尼山删述後天下稱大文者有二孟子善論理左氏善敘事屈原善言情然予輿氏以斯道爲已任夏哉不可及矣離騷悲不擇音使讀者廢卷而嘆焉左氏敘事詳該若指諸掌而論者或譏其誣豈非以談天地述鬼神占之於夢徵之於巫亦浮誇而鮮據乎至其辨名定分考事衡物必原本於詩書折衷於義理詞無遺言言無遺意杜元凱曰其文緩其旨遠又曰王道之正人倫之紀備矣信哉言乎世謂春秋刑

書也然則天之經因地之性以定人極實禮書也聖
經天也傳其日月也天不息日月亦不息嗚乎尚矣
乾甫伯曰左傳之文典麗高古蔑以尚矣然其過
人處實不在此唯其事述先聖言宗義理蓋有聖
經必不可無此傳也末數語見解獨超確不可易

再題左傳後 乙卯

孔子因魯史以作春秋繫春於王所以大一統示無外也然君臣尊卑之義嚴於一字之褒貶此聖心所獨斷者游夏不能贊一辭况其他乎左氏因經以立傳以周與列國並衡而論吕東萊深議其非夫周爲文武以來有天下之號而齊晉鄭楚周之侯國也安敢與周埒故周地當書曰王地周人當書曰王官尊一人之號而列侯之禮於君者不禮於君者據事直書不待褒貶而意自見矣國語中周語三篇亦當稱

爲王語撰之聖人正名定分之義亦庶乎其有合也

題國語後 乙卯

班固藝文志載國語二十一篇注左丘明著余竊疑其非也無論紀人紀地與左傳間有不符其載事之筆亦大弗倫也非惟弗倫於左氏即諸國亦不相倫也如周室弱矣輔相者言能稱禮故屢折强藩之請所謂猶有老成人也魯語愷惻而婉其周公之遺意乎穆姜之訓妊姒亦曷多讓焉齊僅載夷吾之策功利之習也晉三公迭伯國有世臣紀載獨多焉鄭始基不厚僅能存於大國之間楚奄有南服鬻熊之施

弘矣越能悔過吳無足録宋衛燕秦未有聞也此蓋
諸國各紀其國之語左氏取以爲傳者故有者存之
無者闕之也不然左氏欲成一家書秦霸西戎衛多
君子召公之傳微子之裔豈無可採而存者乎况丘
明魯人也魯事亦弗加詳焉豈旁蒐列史而獨略於
本國乎不知班氏果何所攄而云然也至韋昭宋庠
之論遞相祖述又烏足憑焉
乾甫伯曰非大識力不能辨余嘗疑焉今始豁然
蓋云左傳則丘明特筆也云國語自是各地史書

丘明取而注之耳地非一方文非一人焉可與左
傳同日而語哉

題國策後　乙卯

余讀戰國策慨然於世運汙隆之機不可救也由斯而上爲文武成康爲二代爲唐虞由斯而下爲秦漢十有一代以至於今當其盛也帝典王謨都俞吁咈之風至今猶想見之及其衰也人心之巧機辯百出谿壑不能喻其險鬼神不能測其微陰慘之禍毒於猛獸烈於洪水也春秋之世聖門以言語稱者僅宰我子貢時遊說之習尚未熾也及乎戰國蘇張首倡樓緩犀首陳軫之徒相爲附和騁從横之辯持異同

之論千乘之君弄之股掌之上夫蘇秦說秦不用裘敝金盡三年而揣摩成佩六國相印是蘇之爲從也非爲六國也欲洩憤於秦也張之爲橫也亦非爲秦也又欲洩憤於蘇也其他或以一己之榮辱一念之喜怒覆人之國殄人之祀而弗之恤也求所謂排難解紛而無所取如魯仲連者有幾人哉有幾人哉

乾甫伯曰蘇張之辯一也而蘇不得正而斃焉蓋其心更險故其禍更烈可不畏哉

題喬仲梗遊枳記乙卯

遊枳記喬仲梗同年令武隆時作也其叙由晉入蜀經歷山川憑吊古今不勝感慨至入棧以後如讀太白蜀道難令人目搖神悸其細寫武隆景況酸風苦雨毒霧荒烟交集筆端讀之者尚不忍展卷況身當其地乎至卒章忽人我齊得喪等古今於一瞬視天地若浮漚又何達觀乃爾耶雖然仲梗終以此卒於武隆萬里旅魂江天明月爲之含悽余乙卯秋偶至陽陵其子文學出遺編示余閱之愴然山陽之笛寧

堪終聽平聊題數語於後以志哀感云

愁囈跋語 乙卯

邑侯陳白石先生道範才名爲當今山斗分符驪邑政事之暇不廢嘯歌凡登臨山水憑吊古今覺謝康樂之覽勝劉龍門之懷古兼擅其長矣邇以時事孔艱盱衡扼腕發爲愁囈八首且告余曰不堪示人只可持贈君也捧讀之下其忠君憂國之意溢於言表令人感嘆不置豈徒如放歌自恣者摧碎黃鶴踢翻鸚鵡已耶然獨以示余者亦以余秋空搔首常懷杜陵之悲正不妨愁人相對耳余西署故友楊菊廬爲

先生筆研交从登芙蓉之籍使自玉樓頭聞我兩人
愁吟相向想當倚欄而和也

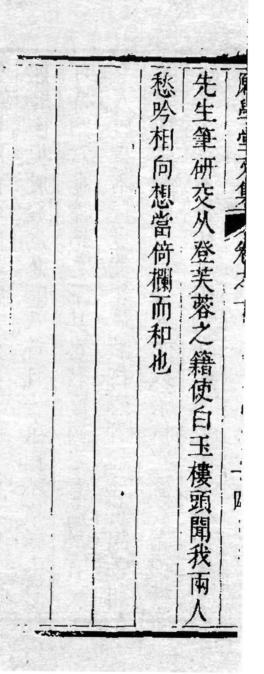

驪山記跋 戊午

驪山無太華之峻太白之險而翠壁蒼巖獨標幽異至周臺秦榭漢殿唐宮尚歷歷朝雲暮靄間蓋以地居三輔玉池春融爲翠華往來之所故遺跡視他處爲獨勝耳茲歷下李方山先生攬轡關中停驂余邑攜友登臨興酣落筆記驪山遊一首憑吊古今盱衡上下不勝感慨其高文亮采視柳州記遊諸作猶覺後來居上恐有此山來未易有此文也昔李滄溟爲華山記獨冠千古此文真堪伯仲何余鄉名山獨於

先生家有夙緣耶噫是又一奇矣

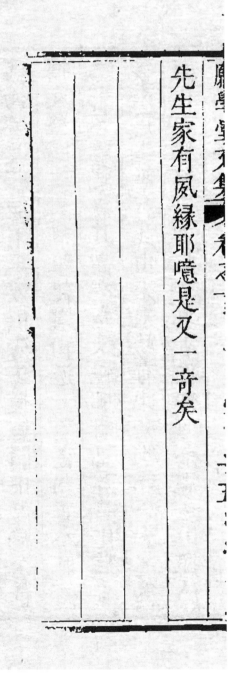

跋金建章年伯壽冊

吳門金嘉賓巳亥與余同捷南宮讀中秘書丙午夏余歸自武林嘉賓時已捐館謁建翁年伯鬚髮雖皤而神氣冲和望之若神仙者流難兒有顯為名諸生兩幼子麻衣趨拜不勝悲感庚申再過吳門有顯與嘉賓幼子並殞翁伯謂余曰余九男子皆逝只顯兒三孫以其仲者為嘉兒嗣且出一帙命題曰古真篇乃内弟袁公自十年前所作取莊子古時真人之說為公祝也按是時翁年僅六十嘉賓雖故而有顯尚

存今當垂老之年懷伯道之痛而能放懷物外優游自適非中心廓然如太虛無纖毫芥翳者能如是乎莊子所謂真人即中庸所謂至誠也以其德之備於己者謂之誠以其道之著於世者謂之聖聖如尼山賢嗣早歿弱孫相對而申申夭夭無少戚然於中者其天定也真人之稱亦豈有加於是耶翁無疆之壽正未可量問余言其盍知所以自處矣

孫豹人日跋壽冊作相慰語是真文字援引後佳

願學堂文集卷之十一

臨潼周　爕星公著

募疏

重修吉祥寺募疏　乙卯

余嘗驅車燕趙歷齊魯之墟薄遊吳越往來揚豫間所過通都大邑見其樹色蓊蘙棟宇參差琳宫紺殿金碧莊嚴是不必入其城郭問其政治而民生之厚民俗之醇可知也其或木無餘蔭室無完堵荒祠敗宇丹青剝落是亦不必入其城郭問其政治而民生

願學堂文集　卷之十一

之薄民俗之偷可知也語云旣富方穀又云衣食足而知禮義古先王制民恒產使其仰足以事父母俯足以畜妻子然後教之以孝弟忠信之義詩書禮樂之文冠婚喪祭之典享賽報祀之誠是皆其事之漸次而施者不可强也吾邑在勝國末頗稱至道之鄉鼎革以來兵火頻仍昔之連雲甲第化爲瓦礫之場其曳綺縠而厭粱肉者皆布衣蔬食之不給又安能及其餘哉邑中有吉祥寺建置已久大約視邑爲盛衰邇來佛榻塵封僧徒星散有心世道者觀之未嘗

不動人情風俗之慨巳辛蘄水渫菴陳侯剖竹西來以仁人之心行仁人之政其治民也如療久羸之夫日饘月粥不事峻補而元氣漸充又如培新植之樹朝灌夕漑不煩助長而生意漸隆渙者萃之廢者復之百里之內且駸駸然有起色矣一日僧宮某率諸沙門詣余而請曰吉祥寺爲吾邑首刹傾圮堪憂今欲重開牛洞再飭龍宮藉如來觀音之財爲長者鋪金之舉煩先生爲文以序之余不禁囅然喜曰有是哉諸僧之請也好鳥啼春野花綻露物之感候而動

撫景者爲之興懷諸僧今日之請其亦有動於中而不自知者乎論天道者謂三十年一變論王政者亦云必世而後仁以時考之適符其數今

聖主懋熙洽之治賢侯弘愷悌之澤是吾邑由衰而盛之機自否而亨之會也倘侯得如兩漢故事增秩畱任坐成久道之化使潼之居返故廬人還舊俗野服先疇之畝祇戶守高曾之規矩輶軒使者過之採風入告揚國家昌隆之休所關豈鮮淺哉余烏容不喜而爲之言乎至於五臺之金瓦可鑄伽盧之銅屬

平鋪此圖諸僧本意吾邑人諒有同心或不俟余之置一喙也

黄忍菴曰起處善於立言曾王兩家所未及先生理學也爲緇流作募緣疏而議論正大能以我意行之是識力雙絕文字

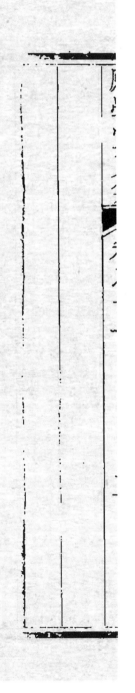

重修福禪寺募疏 丁巳

驪山南去有靜居山地僻而險余向未至其境居民毛副先者善人也一日來請余曰余山有福禪寺爲歷代名刹兵燹以來日就剥落余輩居近一方不忍坐視延僧朗秀共謀修葺之願得公一言爲重余曰有是哉諸君之舉由斯以知性善之說爲益可信也今天下不煩君師之戒不待父兄之教群然嚮往而不能自止者惟瞿曇氏之道則然夫瞿曇氏教人爲善者也使非深浹乎人性之良烏能感發興起有不

知其所以然而然者乎或謂彼倡爲因果報應之說愚民動於禍福故奔走焚修之恐後也然王天下者以五服彰有德而淑行之士常少以五刑肅有罪而羅法之人常多豈愚民不動於見在之禍福而偏動於將來不可知之禍福歟非也葢人性之善猶春生之草就下之水其勃然沛然之性無所爲而爲者也若有所爲而爲必有所爲而不爲安能合天下之人群相效勉而無異者乎昔子輿氏荅公都子之問而要以性善爲宗及韓昌黎作原性論定爲三品謂有

上中下之不齊是猶之夫公都子之見也其說引叔魚楊食我越椒以明人性之不皆善而不思此二三人者古今來不數數見也譬之萬斛粟中之一稗千尺錦中之一纇也不得以一稗而謂耕者之有二種以一纇而謂織者之有二杼安得以此二三人而遂謂天之生人有三品之不齊乎且如靜居山余尙未至其境其環居而野處者未聆接乎王公大人之論被服乎詩書禮樂之文可知也而翕然好善之不已卽此一方而天下之大百千萬億之衆可類推矣古

今來天下之大百千萬億之衆亦可類推矣人性之善不其然乎昌黎復作諒不以余言爲無據也因書之以應疏文之請

劉介菴曰自韓子以三品論性而子輿氏性善之說幾不能與之爭勝矣是公此文謂不得以一稗而謂耕者之有二種以一纇而謂織者之有二杼千古創論亦正論使昌黎聞之當爲結舌可稱子輿氏功臣

重修人祖廟募疏 戊午

驪山東南二十里有人祖廟土人稱爲人皇氏邈莫可稽邑乘云或謂漢文帝欲於此起露臺繼以百金之費而止人懷其德立祠報享稱仁祖焉廟內帝后二像袞冕襜褕後代之制人以其靈爽遂競爲降古之稱云今歲季夏大旱連旬焦禾槁稼群情皇皇有無秋之恐金陵寓菴錢侯惻然動念徒步山崖躬叩神祠請水靈湫葆幢金鼓迎歸邑城爲壇祈禱次日雲與雷作微洒輕塵又次日自晨抵暮滂沱普潤連

宵未已環聽隴阡露葉芃芃萬民舞蹈歡若更生復修醮拜謝送水還山其主持道人以殿宇日久將圯稽首而請侯慨捐清俸庀材鳩工猶慮費用浩煩欲廣行勸募以疏文屬余余邇來戒筆不敢爲緇黃作曹丘蓋以時際多艱杼軸興嗟琳宮紺殿率視爲不急之務分不得已之粟以營可已之事工孰不問余言而蹙頞也若茲衆乃大有不然者當熯炎方張過禱弗應三旬不雨其有秋乎百谷不登其有民乎有珠盈篋不可以飲有錦盈笥不可以食其不相率

而爲溝中之餓殍也幾希矣今仰荷侯力弘被神庥婦子寧盈室家慰藉所謂肉既枯之骨而起之九死之餘也痛定追思感懷必切亟捐京坻之遺禾人損盤飧之剩粒群心嚮往亦何難成聚沫之海爲積塵之山也哉於以答神貺而報侯功厚人心而美風化所關非鮮淺也余曷敢辭筆墨之勞四方君子其敬聽余言也夫

[illegible]堂文集　卷之一

十

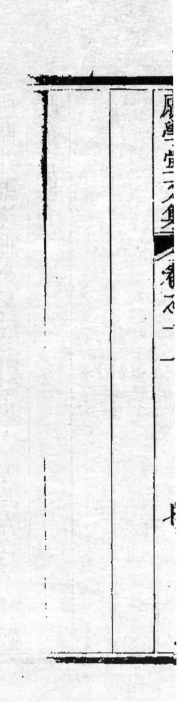

願學堂文集卷之十二

臨潼周　燦星公著

頌

擬廣取士頌有序癸丑

康熙癸丑

皇上御極之十有二載也承

列聖鴻圖率

累朝鉅典本顯謨承烈之志敷明作惇大之猷天地以位萬物以育于是太史書雲物之瑞野老安作息

之常東西朔南海隅日出罔不稽首恐後郅隆之盛展也軼唐駕虞矣獨是公孤弘化亮采必資群賢俊乂登庸書升賓重王國器之也既殷三物六行固當愼重其選而養之也宜素東膠西序尤須恢弘其途乃御史臣張冲翼矢厥忠懷發爲讜論深維乎人才盛衰之由反覆乎往例因革之故剴切敷陳荷蒙

皇上睿鑒勅下所司稽歷年定制後兩考舊規大小臣工遠邇士庶無不聞風歡躍以爲文教所被多士奮興菁莪棫樸之盛戢振今茲臣燦撰以庸流承乏

閒署躬逢昌隆之世日覩都俞之休忭舞之情不能自已竊有意乎吉甫之揚周王褒之贊漢也乃不揣固陋拜手稽首而作頌曰

天亶元后撫茲九有帝簡股肱以翼元首民也非后誰作攸好后也非賢誰為奔走在昔唐虞俊乂用章亦越成周多士思皇況我

皇清丕昌萬方

祖德

宗功天廣日彰欽惟我

后廣淵齊聖臨民以寬持躬以敬光被四表家絃戶誦禮陶樂淑人文斯盛卓矣臺臣拜書　丹殿材植鄧林玉輝崑巘爲圭爲璋爲輪爲奐蓄之升之賡揚復旦

帝曰俞哉汝言良惠乃命禮臣詳稽以對載考舊章用廣以倍連茹彙征爲國之瑞微臣愚暗濫廁清曹欣逢盛典濡毫抽思多士濟濟以光　聖朝億萬斯年海晏嵩喬

裴渭湄曰步趨安閒音韻鏗鏘鳴金佩玉之文

銘

林我禪師塔銘 有序

余在光祿時每月朔望省視祠壇供獻雖禁中例得往焉一日至萬善寺見正殿懸扁大書敬佛二字爲皇上御筆余拜手稽首退而嘆曰大哉帝王治天下之道不一端也設官分師立綱陳紀章服有辨刑威有施無非納斯民于規物復其天良之性而已故唐虞三代治各不同而訓俗型方之心無不同也況佛之立言教民爲善無殊于吾儒之旨其好爲廣大幽

杳之說無非神道設教之義與上古所爲遒人狥路工執藝事以諫者寧有異乎昔

世祖皇帝時余叨列侍從之班見經筵有間延禪宗玉林輩時詢妙義我

皇上纘承鴻緒學貫百王道該三教沙門高士應運而興大雄之法于斯爲盛長安城南大興善寺林我禪師蓋傑出者也師閬州侯氏母蘇夫人生而多病幼好讀書年未及冠父母並亡立志出家初披剃于萬緣寺叅學于桂谿莊更歷寒暑道念逾堅繼受戒

于寶池和尚終聞法于易庵老人老人爲破山法子
傳臨濟正宗師道範清高學恩淵傳有自來也始住
南安貴清歷終南岝峈名山大刹聲震關中乃開堂
于涇干之崇文塔院西夏之海寶禪林東西秦川聞
風景慕後因易庵老人圓寂始卓錫興善營建師塔
主持法事大振宗風于今八載矣師體質清癯胸懷
坦易始以嚴慈立念誓報罔極之恩繼因師祖裁成
大闡如來之教金環在手非具夙因者不能瓶水倒
流因參大乘而有悟物各有生我示以無生則生生

之中另開生面我本無相人見爲有相而相相之外別立相宗遂境提撕久而有悟如中山之酒三年不觧其酲因人開示各具因緣似春雨之膏萬物咸沾其潤故所至監司鎮師賢士大夫文學耆庶村嫗市童莫不接踵相迎簪盍恐後非師德量宏深機緣廣大能如是乎視昔之架箭需人持竿待日此更超出一倍矣慨夫民風不古世道日漓法制禁令移易爲艱師以一老頭陀登堂揮麈能令百千萬人革心降志勉登善域而不敢自止使九州四海之大得盡聞

師說而孜孜從事焉於以輔　聖化而正人心挽斯民于三代之隆其功不更爲吾儒所資賴乎乃今歲仲春朔日傾衆禮佛畢忽索紙書一偈歸方丈侍者請問其意師笑而不答越五日端坐而逝康熙十有八年二月初六日未時也登涅槃牀七日起龕荼毗五色火光熾盛收舍利無數師生于壬子年四月初八日子時壽六十八臘四十八遠近僧俗罔不奔走悲號如失怙恃其法徧海珍亦蜀人器識純誠遺燈有寄海琛海寬寂德海崐等各競自操持先以師伯

若水和尚乞銘于余繼復躬請憶己酉夏余曾晤師于文塔有夙契焉不可以辭乃序其始末而系之以銘

銘曰緬彼迦文傳法鷲嶺拈花一笑妙諦心領達磨西來道弘斯境曹溪一派汪洋千頃　卓哉林公巴江鍾奇風木載痛誓志披緇祝髮大慈受戒寶池破山之徒易菴爲師　柱下無爲鄒魯性善寂然不動真如乃見大覺圓明三聖無間道不違人人自道畔　性根超則領悟獨優盃渡錦江錫飛雍州八水洗腸三峰點頭金篦開蒙四十春秋　清襟映月

逸藻流霞學究一貫書富五車剖玉淘金㸃石與泐
西來大意樹上三花　三昧無聲覺來早絲揮毫留
偈歸卧一龕五色燄中舍利光含峻嶒寶塔高對終
南　南山峩峩渭水洋洋幻形易化眞性難量滄波
浩瀚一葉慈航奕世徽音地久天長
王茂衍曰每見星公爲二氏作文皆從世道人心
立論用二氏而不爲二氏用此淮陰驅市人而使
之戰手段也視香山東坡沉溺于彼中而不知自
振者異矣

原學堂文集 卷二

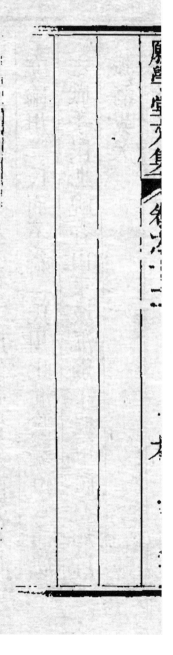

贊

題劉澹軒小像 丙午

此澹翁三十年前小像也温乎其容藹乎其度烏巾縞帶翩翩儒素然應運持節而黼黻之才騰騫乎皇路其當日之握筆凝想者洛陽之疏耶廣川之策耶豈但積思十年而三都成賦安安爾止藏英華于不露既把臂而譚悰益惓焉其可慕語云學者先器識而後文藝余觀澹翁之像而益識其故也

米垣卿曰長贊用韵正以頓宕見巧

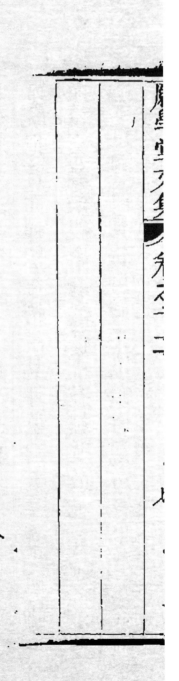

辯

辯論語辯 癸丑

讀柳宗元論語辯謂論語成於曾子之門人故書中於諸弟子皆稱字獨曾子稱子至有子之所以稱子者謂孔子之殁也諸弟子以有子爲似夫子立而師之其後不能對諸子之問乃叱避而退則固常有師之號矣其說出於孟子乃當時好事者之言與伊尹要湯百里奚干秦事正相類子輿氏誤信於前而柳宗元復傳疑於後也子夏子游子張聖門之賢者也

其師孔子也惟其道不惟其動履容貌也若師死不能追述其道而徒取動履容貌之相似者而事之此斷非三賢之所爲也有子亦聖門之賢者也不量已之道德於夫子何如亦以其人之謂已相似而居然受其事及不能應諸子之問復受其叱避而退此亦斷非有子之所爲也若然是惟其動履容貌不惟其道也則陽虎亦嘗俎豆於泗水之濱矣且弟子之於師猶子之於親也今有亡其親而思之者繼其志述其事可也若取人之似其親者而事之及問之以世

系不知問之以先德不知然後逐而出之此兒戲之事常人所不爲也而可加之諸賢乎且閔子不聞有師之號其亦稱子也何居安見論語獨成於曾子之門人非二子之門人共成其書而各子其師也歟子厚氏好辯者也柳宗元辯論語也而獨信此事之謬余恐後世無所取正焉故復就其辯也而爲之辯

、武叔玉曰胸中如鏡筆下如刀眞是老吏斷獄手豈僅辯才無礙者流所可及也

對

奕對 癸丑

客有問奕於余者余對曰余不工奕亦不求爲工故與人奕未有不負於人者客曰爲是說也亦有道乎余對曰有夫世之人道德文章功名事業與余相較大要有三等上焉者皆勝于余者也余與之奕一內省焉嘗何事如彼而顧沾沾然以一奕爭勝乎其次則皆余若也而獨爭勝於奕夫我以勝爲榮彼必以負爲辱然榮之念過則忘焉而辱之念則久而難化

余何故以一奕之微而令人怨之不忘乎其下皆不如余者也夫人而至於不如余其人亦可哀已又何忍併一奕而亦靳其勝乎持是道以往余之負於人者多矣奕云乎哉

房愼庵曰尺幅中具大神通讀之可以柬人軼志呈公與人接物得力在一讓字此文自寫小照幾於畫月能明

孫豹人曰長者之言文字之高老雄悍則蘇老泉之流亞也

願學堂文集卷之十三

臨潼周　燦星公著

行狀

内父文學房公行狀丙午

公諱中式字淑儀其先白水人也始祖寬二世祖統歷官司寇尚書郎三世祖士元任宛平尉始遷居於潼之魚池灣四世祖文明即公之高祖也曾祖邦靖祖楠世有隱德父光顯字養吾以文學承家人稱篤行君子娶李氏生公公生而端重總角時出入長者

前周規折矩動必以禮性至孝事父毋先意承志務得歡心毋李見背繼娶趙氏公事之無異生毋生弟淑度友愛教育爲名諸生趙亡娶楊氏楊亡娶董氏公以事趙毋者事二毋無少間焉公性敏好學早遊泮宮繼屢遭毋喪父年亦高因代理家政栽果種蔬以娛老親常有人負養吾公粮數百石公往責償見其人困憊狀悉焚其券而歸養吾公喜曰真吾子也時人比之范氏父子無何養吾公亦見背公擗踊號泣銜恤不忘遂絕意進取不復爲功名計遠近人士

執經就業一時出其門者彬彬多士歲辛巳大饑公盡捐家儲得粟數百石煮粥賑濟全活者無筭後捨棺木以掩遺骸左右居民貸公千餘金甲申亂後悉詣公求寬償公曰吾家破若家亦破又何償乎盡貰之公先配張氏李氏繼配陳氏同邑處士陳宗山女性嚴正閫內肅然生子二長峻次鑒俱庠生並逝峻娶黃氏苦節自守鑒娶陳氏亦亡女一即余妻也公積德累行不可殫述終懷伯道之痛天道無知不其然與然公之懿行令聞表表天壤間後之仰止芳規

家戶戶俎者百代猶新視世之徒有多子而名未聞於鄉里行不稱于通人與草木同腐朽湮沒無聞者不亦大相徑庭哉公從弟中蘐侄嶽見公祀無主議以公婦黃氏兄子爲公後名曰繼宗昔韓謐承賈氏之緒施然嗣朱公之宗推恩繼情盖古人往往然也公生於萬曆壬午年六月二十一日丑時終于康熙壬寅年十月初六日卯時陳氏生於天啓辛亥年六月十四日辰時終于康熙甲辰年十二月二十三日亥時今于三月初十日將合葬於先塋之左余請家

乾甫伯鑴墓以傳不朽謹述其行畧如此

朱葆光曰淑儀先生代有隱德其子仰止英年儁

發方期高大于門不謂中道而逝聞者皆爲悲嘆

今得濬園此文使先生懿行賴以不泯中郎有女

亦未爲不幸也

[illegible]堂文集　卷之十三

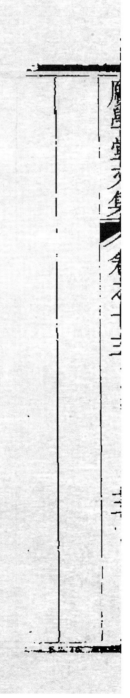

封太史前宿遷令顯考聿田府君行狀 戊午

嗚呼不孝燦亦安忍述我父耶積咎既深嚴親見棄五内崩頹呼天莫應亦安忍述我父耶然我父三子兩兄皆逝燦尚靦息人間使我父懿行泯滅後世無聞是燦之罪通於天百身莫贖也乃含哀搦管滴淚和墨撮述行畧於左

先府君諱祚永字紹甫號聿田先世山西洪洞人祖通司訓於泰值紅巾之亂以道梗弗得歸遂卜居鹽下稱始祖云通生麟麟生貴貴生爵爵生邦佐虛懷

善下有隱德焉邦佐生岐爲余曾祖純謹有類高祖
而柔善過之以祖貴贈中憲大夫四川按察司副使
以仲祖道洽任順義令晋階中議大夫叔祖道昌任
南鄭廣文並三子皆登仕籍焉曾祖毋張氏累封太
恭人祖諱道直乙酉舉人戸部郎中歷任四川川北
道按察司副使覃恩晋階中議大夫崇祀鄉賢亮節
宏猷陜西通志及從信録可考祖毋任氏封恭人祖
三子伯父祚弘以明經任臨洮廣文叔父祚延廪生
早逝仲郎先府君也先府君元配嫡毋王氏生兄㦿

及爀庶毋屈氏生姊一不孝爀生毋常氏生不孝時
先府君已四旬矣嘗聞之祖毋任恭人及伯父云先
府君生而莊斂童時不好戲嬉衣履經年不敝初就
塾師往來里巷中目不留視歸家拱手端坐望之若
成人然稍長即潛心義理之學不屑屑于口耳記誦
十九歲乙卯補邑弟子員旋以高等食餼及隨侍先
祖令槀城尹大興守保寧居官舍中蕭然儒素絕不
以紛華移其耳目二十有八歲甲子以尚書薦于鄉
明年試春官不第自是屢困公車或有勸之仕者先

府君曰兩親在堂菽水承歡讀書明道吾志足矣壬午春先祖謝世居喪一遵古禮八月長兄薦賢書先府君對之泣以先祖未得一見爲憾癸未逆闖入關邑城破常毋先逝王毋及屈毋同死于難不孝燦僅八歲先府君以失毋子憐之避亂山間輾轉流離不令一刻去左右也甲申

皇清定鼎元年娶繼毋劉氏時干戈紛擾遷徙靡寧戊子始築別墅於邑城之東奉祖毋任恭人居焉伯父亦移居鄰堡遞相奉養歲以爲常辛卯仲兄薦賢

書壬辰同赴公車復不第祖毋曰以老家日以貧雖升斗之奉不能自給乃謁選天曹甲午除江南宿遷令遣人迎養令曾長兄以四川梓潼令擢廣東雷州郡丞遂偕不孝燦侍任祖毋劉繼毋赴宿時乙未春三月也先府君下車之始即值漕糧開兑之期宿素不産稻皆買之高寶諸邑民已不堪其累而長民者復重取之民而輸之旗軍官吏從中侵肥焉先府君嚴署之榜盡革諸弊復詳請上臺勒石世守宿人稱之爲菑任第一德政云邑額地八千餘頃前令奉查荒

之檄虛報二千頃意圖免稅及 國家設立興屯道廳募民開墾勸取累月實無寸荒可報議者遂欲按畝均攤爲通融苟且之計先府君曰當日查荒有虛報者亦有未報者今一概攤賠豪民是其所應出而窮民不已重受其困乎乃三請撫軍履畝丈量具足原額之數督院馬公薦疏有殫真誠以任事推惻怛以愛民之語宿當黃運兩河之衝時剃陷告洪漕運弗前 朝廷遣重臣閱視一時河漕兩臺戶工督部填蒲河干計無所出先府君相度地形敷陳方畧或

卷埽以束河流或築壩以防旁洩增縴夫以推挽設小舟以剝卸源源接濟糧艘銜尾而前使臣得以復命此皆其卓然可紀者至如興學造士詰暴刑奸設中道之郵亭而廄馬晝閒復旣燼之官衙而庭鵶群集使令無衣帛之僕朝夕無兼味之食皆不孝燦隨侍年餘所目覩者也丙申夏任恭人有疾邑人建立道場處處齋禱五月十一日祖母奄逝宿民不知所措乃泣告各上臺請留任候代漕督蔡公以手捫其胸曰這官這點心無論爾百姓不捨卽本部院亦不

忍聽之去也慰畱視事丁酉春始克旋里秋八月不
孝燦復叨鄉薦先府君哭告祖毋靈前猶如先祖不
及見長兄獲雋之爲憾也戊戌服闋徵書沓至先府
君泣謂人曰三十年老孝廉捧檄而喜爲吾毋也今
吾毋逝矣尚能爲五斗粟僕僕道路乎巳亥春長兄
擢守中都遣迎先府君及劉繼毋不孝燦侍之南行
道聞是秋有再行會試之舉遂自濠梁買舟北上乃
復濫捷南宮蒙
先皇帝拔置中秘先府君馳書戒勉謂汝小子顓蒙

無似叨荷國恩處非其據宜忠以事君信以處友勤以盡職儉以節用勿憚勞勿畏貧諄切備至庚子夏復迎養先府君及劉繼毋於京邸辛丑改補秋署先府君曰凡屬王臣皆可自効況刑獄大事慎爾出入高于公之門正在此也冬十月長兄卒于官先府君哭之痛癸卯 不孝燦 分校畿闈甲辰遷祠部郎中當事者大興衞文之獄逮勘八月先府君憂危之情無可告語 不孝燦 齋戒三日焚表於正陽門之關帝祠願減十年筭事先府君以終天年是夜夢關帝從雲

端直下謂 不孝燦 曰汝有善念吾代汝轉奏上帝矣尋蒙 恩釋放冬秋西歸完葺故宇墾闢蕪田爲終身侍養計也戊申劉繼毋棄世繼毋善事先府君先府君悲不自勝巳酉娶庶毋張氏以事朝夕庚戌會皇上釐清庶政申理被枉諸臣 不孝燦 蒙吏部題覆應補原職仍以禮部別眚謫用辛亥將侍先府君赴都伯父執余手謂曰余老年兄弟一旦分張如花之已謝嘗再無相會理余拜而告曰 燦蒙聖恩湔雪前枉足矣蝸角微名曷足復戀但 燦自被

棄以來我父封典停格未給此去卯補一官以遂顯
揚之私即當陳情歸養也四月入都門是歲即請給
勅命先府君及王常兩母得封贈如例壬子仲兄除
福建建寧令張庶母旋卒　不孝燦補光祿寺掌醢署
正癸丑察典初行兼之文武　殿試俱有事於大官
不敢遽陳私情甲寅春即循例請告蒙　恩俞允抵
家蓋四月廿有八日也伯父迎之喜曰汝可謂不食
言矣先府君性不耐暑每到長夏終夜不能就寢入
秋遂平如是者復四年今夏四月三日建寧人報仲

兄訃至不孝燦聞之痛絕繼念先府君春秋高恐不能堪匿不以聞麻衣待賓華服侍膳四旬餘日兄柩奄至不孝燦暨諸父昆弟勸慰再三先府君頗能自釋八月八日忽患淋痰火劇作已而兩足腫脹九日後又覺平復是月廿日爲初度之辰冠裳四集出御賓筵若徃時然越三日遊南園親採菊花插瓶中自娛不孝燦見之心喜以爲沉痾既愈從斯以往無疆之壽未可量也乃是夜將半忽呼不孝燦至榻前謂曰我光景不好不孝燦泣問其故絕不言其所以然

次早精神頓減飲食漸少百治弗效至廿七日午中竟棄 不孝燦 而長逝矣嗚呼哀哉痛念先府君早年行履 不孝燦 得之傳聞及四旬以後居鄉居官日侍膝下故知之最悉生平宅衷寧謐接物平恕以守約爲體以自抑爲用學貫六經而不炫其長道高一代而不存其迹孝友施於家人溫恭稱於鄉里處榮名若固有當逆境如本無極人世之變履之澹如益得之天性者然也尤喜默坐嘗垂簾瞑目終旬不出戶閾客有顧 不孝燦 者譚論竟日先府君寂無一語及

去後乃從容評其是非示 不孝燦 知所擇也事伯父至老無情容年逾八旬歲時猶掖之跪拜晚年來或並坐談悰比肩郊遊日嘗三兩會鄰閭之人見白髮兄弟朝夕依依亦無不敬慕焉其待 不孝 兄弟及諸孫也教之以安分讓人遵祖德畏王法勿違天理勿戾人情或有小過委曲訓誨絕不以厲色相加至族黨姻戚賓朋里閈懷德慕義人無間言至是哭臨既畢咸泣謂 不孝燦 曰先生平生學問守貞希大易之與主靜得濂溪之傳古人有私謚之義某等不揣僭

效易名之典謚先生以貞靜可乎　不孝燦泣血再拜
謚不敢辭然質之先府君素履實無愧也先府君生
於故明萬曆二十五年丁酉九月二十日戌時終於
康熙十七年戊午九月二十七日午時享壽八十有
三甲子舉人前江南宿遷知縣以不孝燦忝官　勅
封徵仕郎翰林院庶吉士所著有宿預實政録行世
嫡母王氏邑庠生王公毓秀女性嚴正門以內凛如
也兩兄成立訓誨之力居多生母常氏三原庠生常
公強山女生　不孝燦七歲而亡俱　勅贈太孺人繼

毋劉氏邑人劉公述宗女庶毋屈氏張氏子三長標
壬午舉人歷任江南鳳陽知府娶涇陽孝廉毛公宗
昌女繼娶涇陽孝廉濰縣令韓公文焞女次爔辛卯
舉人福建建寧知縣娶三原庠生李公儀鳳女繼娶
涇陽庠生張公廷琬女俱王太孺人出季即　不孝爔
丁酉舉人已亥進士由翰林院庶吉士歷任禮部祠
祭清吏司郎中娶邑庠生房公中式女封孺人常太
孺人出女一適三原明經薛公鳳子庠生貽燕屈氏
出標子二圻太學生娶涇陽真寧廣文王元士女域

業儒娶渭南吏部文選司副郎李龢英女女二一適
華陰庠生王弘學子庠生宜述逝一適邑孝廉米調
鼎子庠生鑄燦子六繼儒太學生娶渭南官生南廷
鈇女繼娶高陵遊擊吳子騄女堪丙午武舉娶三原
庠生維濤女增太學生娶邑庠生荆維世女垓庠生
娶邑武舉段集龍女埕業儒娶邑庠生陳曰仁女堉
尚幼女二一適邑庠生任佐元子庠生璥一適邑湖
廣布政司叅議王孫蔚子舉人天寵俱逝不孝燦子
一塤尚幼圻子三餘慶錫慶具慶女一堪子一衍慶

女一增子一積慶女一堭子一善慶俱幼盖孫男九
女四曾孫男六女三云外曾元孫不備載不孝燦荒
迷之中語無倫次惟　仁人君子憐其心之痛而恕
其詞之陋焉　錫以鴻章彰幽闡微俾先府君藉以
不朽則存殁之感啣結難忘謹礲石以俟

建寧令仲兄漢公行述 戊午

嗟乎余半載之間既述我父又述我兄亦獨何心寧復忍於搦管耶第卜葬有期侄輩將丐銘於大人長者非狀無以表其生平哀求再三誼不忍辭乃抆淚而爲之狀焉

兄諱熞字漢公別號彤車世系詳先府君狀中先府君三子兄其次也先嫡母贈太孺人王氏所生兄長余十有七歲余總角時兄已二十餘矣伯兄熛江南鳳陽知府長兄一歲髫年並就塾師每夜歸王太孺

人課之燈前稍弗力嚴懲之不恕故兩兄皆早有令
譽先後俱以十三入學試輒高等斐然聲序稱二妙
焉憶壬午冬余以先生捬常太孺人見背隨王太孺
人寢食一日薄暮風過門闌紙聲謖謖太孺人曰此
賊風也聽者不以爲然至夜二鼓果有暴客數十輩
排闥而入時兩兄皆寢處隣屋太孺人聞變急呼長
兄披衣曳履舞雙鋒大呼而出賊徒爲之披靡兄不
及着衣疾趨太孺人所以身翼太孺人榜掠備至不
少避焉次年癸未闖逆破城太孺人死於難家徒壁

立兄避亂莊村且耕且讀出入與疇人伍欿然自下鄉里之人以醇謹稱之辛卯薦於鄉壬辰試南宮不第自是雖屢困公車而潛心力學無異爲諸生時脩置祖學編次宗譜由族黨姻戚以至里閈和氣迎人過之者若坐春風中壬子就選天曹授福建建寧令時余亦侍先府君候補在都兄愀然不樂曰余叨第以來二十餘年冀得一善地以遂迎養之私今閩南萬里遥望白雲承歡之期未可知也是歲七月抵任建寧古綏安地也崇山複嶺爲綠林淵藪被盜之家

與捕盜之吏皆怵于功令不敢發兄下車之始慨然
嘆曰吾豈愛一官而累吾民也廉得其渠魁立寘諸
法餘党與之解散至土兵害民克如虓虎尤非捕役
輩所可撲滅者乃選拔鄉勇什伍而團練之有害民
者擒殺之毋問自是不逞之徒畏法斂戢民生稍安
夫然後輕徭薄賦尚德緩刑與之休息一載有餘前
是寧遭洪水之害學宮以圮至是捐貲倡衆鳩材與
工殿廡廊舍煥然一新至如城堞驛館鼓樓營房以
及梵宫道院之有關于風氣者無不次第修葺更卌

其餘力造溪東橋建江月亭琴靜花香百里之內翕然稱上理矣無何甲寅春會城一變閩中八郡竟成土崩之勢綱紀陵遲群小鴟張雖市販之徒稍有攀援皆得建牙開府而稱將軍焉兄一日以催糧下鄉留家屬在署一二無賴輩欲得而魚肉之鼓噪而起家人惶惶不知所措先是建民有家人殺人而前令不察概擬抵償者兄訊知其枉立與開釋其人固大俠也有事以來捐貲募衆得數百人誓翊兄平亂以自報是日闖城中有變乃呼集其衆環城而陣謂城

中人曰吾父毋公出而爾輩蹂躪其家置吾子弟於何地可善護之出城則兩相安于無事不則斬關而入勝負未可知也城中大懼乃送家屬出城雖七箸無一失焉復命健丁數十人送至山谷僻處晝則飲食供給夜則鼓角巡邏真不啻家人父子然歸正以來建民百千成群泣留於大將軍督撫部院情殷借寇兄以家大人春秋高志在歸養堅不奉命今歲正月四日忽發背疽醫治不效旬日之間遂不可起矣建民號泣如喪考妣相地立祠伐石豎碑邑人謝國

傑爲之記時兵燹之餘家徒寥寥走人有姜三郎者隻身萬里西來報訃發柩之日男女提攜泣送數日壯者有送至漢口以北者接見家人乃還抵家蓋五月十有八日也當兒之辭官弗就也亟欲歸事老父以終餘年不謂所懷不遂中道淪亡靈車初返老父見之悲不自勝秋來一病竟不能支嗚乎哀哉兒未遂將父之志客死天涯父反抱傷子之悲遷摧晚景因憶昔日之拜命神傷黯然就道者亦竟成今日之兆矣兒天性朴誠幼承庭訓恭謹自飭龔溫處厚絕

無紈袴之習登第以來雖世變之後家道中落安心守約不營私以自殖不恃勢以凌人恂恂出入人無間言其服官也誅暴安良興廢補缺至立決大獄得豪士於縲絏之中其感動群情朞月之內若數十年之久者此其識力超卓措施宏深尤非鮮淺之見所能測也兄生於故明泰昌元年庚申十二月十三日巳時終于康熙十七年戊午正月初四日戌時享年五十有九初娶李孺人三原庠生李公儀鳳女有才幹操持家政稱內助焉繼娶張孺人涇陽庠生張公

廷琁女其子孫姻婭亦俱詳先府君狀中李孺人生于天啓元年辛酉十月初十日午時終于順治十六年巳亥四月二十四日午時享年三十有九先葬于

祖塋之右今擇來春三月初二日將啓壙而合窆焉伏懇仁人君子不吝如椽鍚之誌銘藏之萬年之室則先兄宛且不朽余暨諸孤亦且不朽謹啓

王嶽生曰筆力矯健暴客大俠義三郎三段寫得淋漓盡致得史家之遺

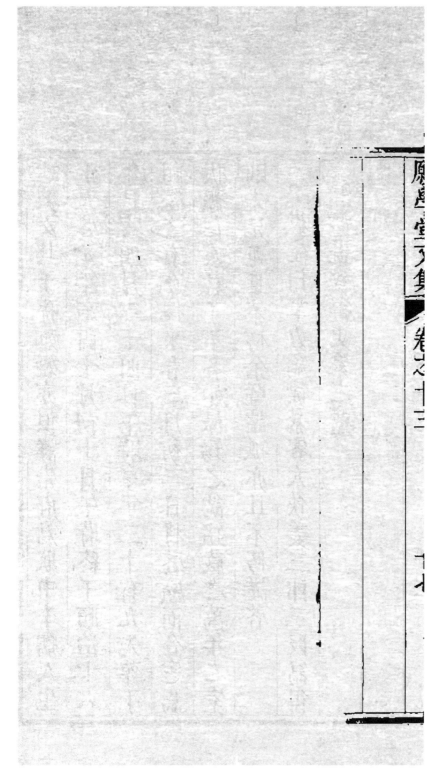

願學堂文集卷之十四

臨潼周　燦星公著

墓誌一

河南臬僉呂闇然先生墓誌銘　丙辰

余邑呂闇然先生幼與家大人同學同薦於鄉家君剌史公與余稱世誼最篤茲持其先生暨蓋費兩安人行狀以誌銘命余余通家子不敢以辭謹誌之如左先生姓呂氏諱涵炳字虎伯號闇然潼之相公莊人遠系肇自四岳至宋晉伯昆仲以理學名相顯於

藍田十世孫昇徙居於潼潼人矣之故名其莊爲相
公云先生生而穎異讀書目數行下一覽輒成誦十
一補邑弟子員試輒冠軍會以恩例入太學遊歷既
廣學日以進甲子以尚書魁多士自是赴公車屢不
售意氣自若益肆力於學問辛未北上試未畢忽心
動即以父疾爲慮策馬西歸而太翁果見背矣居喪
三年一遵古禮繼以史太君春秋高就祿鄭州學博
旋丁太君憂起補澤州時當勝國之末流寇四起大
河南北遭其蹂躪先生素負大志討衛時艱每奮袂

而談慷慨激烈不自知其爲廣文先生也當事者咸
奇之疏於朝超拜汝州知州汝處環山之中尤爲緑
林淵藪先生聞命喜曰是吾致身時也卽率數僕人
抵任招募土豪署分部伍增亭障廣斥堠壁壘旌旗
巍然成巨鎮矣王子房中丞大奇之漫流圓堎諸戰
類皆出奇制勝復密擒僞相牛僞節度李家口爲招
撫大計中丞每對僚屬大聲呂汝州真鐵漢子屢疏
於朝而一時郡邑聞風披靡者指不勝屈先生一腔
憂憤發爲詩歌有豈不艱天步惟思報國恩萬里關

河徙有恨一身天地總無家之句會孫自谷督師提兵東下先生以中原安危在此一舉襄郏一帶爲賊兵往來之地應設監司以扼其要請於諸當事諸當事咸相顧曰無踰公也遂以臬僉駐節汝洛之間調度軍食不悞飽騰不苦輸輓一時倚以爲重無何督師敗績兩河三輔遂成土崩之勝先生所儲芻茭糗糧猶望之如京如坻也可勝嘆哉可勝嘆哉自是角巾歸里閉門謝客口不談當世事足不履長吏之庭讀書自娛爲文喜司馬子長蘇子瞻而原本六經議

論一歸於正詩法少陵北地晚年諸作尤有靖節遺風所著汝州集行世先生事親孝待諸弟友推父母之愛以養諸姑推姊妹之愛以育諸甥尤人所難至其出處大節介然不苟蓋曾子所稱君子人也以刺史公貴暨元配蓋安人繼配費安人得贈封如例蓋安人賢而早逝費安人後先生亾應稱太安人太安人嵐縣尹池陽費育吾公女也善事翁姑曲意承歡凡井臼烹紝皆身任之其在鄭學偶有寇警太安人以母居危城不應以師席坐視先生拮据捍禦獲全

其城及守汝州先生義不內顧然操持家柄斟酌譋劑使得端心於王事者太安人力也遭兩尊人喪克襄大禮無少替事至闖寇入關以先生持節汝陽志殲逆醜必有及爾之慮與之偕隱以保身名教剌史公卒能成立撫側室子無異已出可稱德配焉先生生於故明萬曆丁亥九月十日辰時終於康熙辛亥二月八日辰時享年八十有五太安人生於萬曆戊戌三月十日子時終於康熙丙辰四月十三日未時享年七十有九子二長振之郎剌史公也以明經歷

任山東兗州府通判娶楊氏贈安人繼葛氏封安人
妾陳氏次颺之業儒副室秦氏出娶董氏女四長夭
次適三原盞及裔三適喬廸四適庠生武象瑨俱卒
孫男三說誼振之出詵颺之出俱幼孫女四長適庠
生任風庠振之出卒餘俱幼振之出一颺之出二今
於本年六月十五日合葬先人之隴乃系之以銘曰
四岳之裔國南陽宋室藍田呂再昌潼有憲府嗣其
光學足名世世莫知才足濟時時難爲嗚呼汝水逝
如斯妻也溫恭稱嘉耦子也勳名歩前騤綸章五色

下螭首有墓斧如櫟陽西青山白雲草萋萋幽珉無
慚有道題
孫豹人曰銘佳都有來歷

贈柱史張公墓誌銘 丁巳

贈柱史張公諱國裕字季良號居素先世河南汝陽人祖興暨順明初遷居於潼數傳生克佑克佑生世宰世宰生汝孝號東峰公父也世德發祥爲張氏肇興之祖封給事中配常王于三太孺人子七長公者三國祥給諫令高平令泗源其子也國禎贈令尹棲霞令正誼其子也國祚明經並公俱常出少公者三國禧增生王出國禨廪生國禔庠生俱于出公天資高邁早歲讀書務究大義不屑屑於尋墨數行長兄

給諫公與蒲城原松英孝廉講伊洛之學公多所請益及補弟子員聞長安馮恭定公以斯道爲己任偕諸昆季與之遊領悟獨深每撤講席冲然有自得之致恭定公常嘆曰吾道其不孤矣人擬之呂陸兄弟云一日父舍有暴客數十勢甚迫公隻身持挺冐刃而出醜徒爲之辟易父得無恙其仁者之勇有然父命析產有膏田數十畝意在幼子公會其意即直筆註給之居平持躬惟謹給諫公覩草掖垣公歛迹不謁官府間入城市布衣徒步人不知爲夕郎弟邇人

有急即罄資周給不計其報其寬仁之性又如此初娶房太孺人邑文學房惟德公女也賢而早卒繼娶劉太孺人邑耆德劉松熙公女克嫺婦訓翁姑妯娌無間言生咸一昆季方在乳哺提携間公奄忽謝世彌留之際謂太孺人曰我死無所憾惟父老未得終養子幼未見成立汝其善體我意未十旬東峰公見背時異爨伊始大喪頻仍太孺人課農工織克襄典禮一經教子夜分不寐戊子咸一登賢書壬辰成進士兩弟亦先後入學太孺人喜且悲曰我忍死相待

不即就木者以有汝兄弟在今見汝輩漸次成立我可以無愧先夫子於地下矣戚一初令傳陵地近畿輔以逋逃罹法者衆乃設法稽察多所全活太孺人曰汝不以甘旨養我而以善政養我雖菽水可也及戚一內召拜御史巡鹺兩浙建白歟歷所在風生然無有不奉慈訓而行者稟性儉朴衣不曳帛食無兼味待子婦有禮遇姻戚有恩臨僕婢有法門以內雍雍如也秩秩如也先是兩子並殞太孺人哭之痛至是戚一以養假告歸卒於里第太孺人悲不自勝又

念諸孫孱弱黽勉自任總持家柄內外嚴肅故數年
以來雖家無長主而門庭凛然安善如故者太孺人
之力也公生於故明萬曆己丑年十二月十七日丑
時卒於天啓乙丑年正月初六日卯時享年三十有
七贈廣東道監察御史元配房氏繼配劉氏生於萬
曆辛丑年三月二十二日巳時卒於康熙丁巳年六
月初八日申時享年七十有七俱贈封太孺人子三
長志尹戊子舉人壬辰進士廣東道監察御史初娶
許氏繼王氏繼米氏俱贈孺人繼劉氏封孺人次棻

尹庠生娶盧氏繼劉氏季承尹庠生娶吳氏女二一適蒲城王馨徵一早亾孫七爲志尹生者四長濟太學生次渭次諫次貞爲楚尹生者二長沆庠生次洽爲承尹生者一云琦太學生方咸一之官於朝也與余同時兩弟皆幼相色茲值劉太孺人壽終諸孫云琦等擇於本年仲冬十有七日啓贈桂史公暨房太孺人之兆而合窆焉公兒子建中令尹與余爲同年友撮述大槩以爲之狀而以誌銘屬於余謹受狀誌之而系之以銘曰

惟德也無蘊而不彰惟時也無待而不昌豸冠峩峩
玉珮鏘鏘以大前人之光驪山之下渭水之傍含靈
孕秀奠此幽堂

孝廉王孟謙墓誌銘 丙辰

嗚呼余安忍誌王子耶王子倩於家漢公仲兄而兄子先逝毋對王子不勝栁絮吟詩之感今不覩王子者又七年矣搦管之際能無愴然於懷耶王子諱天寵字孟謙別號蓮友潼之東梁里人茂衍藩伯公子也遠系詳別志中大父贈君爲經裦先生有子三長海嶼公石屏刺史次華賓公辰州司李藩伯公其季也趙淑人夢日光照楣而生王子倩晳異常兒未終月淑人逝二伯毋徐孺人撫之甫四歲忽問毋生忌

戹聞者咸嘆異之六歲就學於從叔父雲章文學稍受筆能爲韻句九歲侍藩伯公守上谷一日題何於署中之東花亭云竹深青映石雨過碧連丘兩伯父見而嘆曰此子豈宿世詞客耶胡乃能其所未嘗肄者繼侍藩伯公備兵青州督粮德水師事蠡吾梁正道文學高陽董孔昭進士學業駸駸日進藩伯公晉楚臬假道歸里復從朱葆光孝廉遊十五歲補博士弟子員爲學使馬適聞先生所鑒拔已而省藩伯公於楚省隨從之閩藩任舟行數千里歷覽名山大川

交恩蒞復灝宕逾歲藩伯公北歸川途味懷浩然有作王子必依韵成什間復另抒機軸皆飄飄有凌雲氣李包閬太史爲之序合付剞劂名之曰北歸草于時也司李公以分校之役畢會武昌先是迎兄子於辰遂同歸李署成合巹禮明年西旋過洞庭風濤大作排檣摧檝從舟相失王子焚香默坐了無震懾其器宇鎮靜有如此者抵家未幾藩伯公謁補北上時王子以臯蔭入成均遂同朱葆光孝廉並赴春明過太行渡汾水歷唐虞舊都凡登臨所及父子倡和師

生酬荅極一時之勝事比入都觀辟雍肄上舍業司成陳學山宋蓼天兩先生咸器之期滿應受職矣曹王子曰董子以天人對策賈生以治安上書此余之志也豈汲汲以一蔭傳朱紫哉遂不赴考會兒子疾遄歸省視竟抱安仁之痛兒子淑順宜家故王子思之有悼亡詩十首明年丙午秋赴畿試從祖王壽格司李在都見其制藝歎曰子文秀而折蒼而勁雋永而爽豁殆湛涵於韓蘇諸大家而出之者此名世之業也寧僅較勝一試乎榜發果雋受知於魏子存樞

部之門時年二十矣丁未居司李公喪哀毀逾常益司李公撫王子最篤故王子事之有加也時藩伯公補楚省粮憲王子往覲之嘗與客酌於署之西堂即席作西堂賦綺思繡句謦欬立成客有嘆者曰與公之天台庚子之小園未易過也未幾辭歸藩伯公曰人患不能用心汝正患用心太多耳耗神損精非保合之道守身所以事親汝其勉之歸家績學焦瘁入中壺有佐遂下帷專業毫不問門外事然竟以積苦得病是歲己酉秋深病轉劇徂春遂不可起時僅廿

有四歲也傷哉王子生於順治丁亥正月十七日戌
時卒於康熙庚戌二月初九日午時元配周孺人即
家仲兄福建建寧知縣漢公女繼配焦孺人三原文
學焦大旻女也以傷悼之餘亦於是年四月初四日
殞矣胡氏誓守從一之訓藩伯公憐之待諸弟有子
以爲之後蓋欲成其志也曾憶余在秋曹日王子以
菉竹亭詩就正於余余爲之點次且序其首因笑謂
藩伯公曰乃郎咄咄逼人行將撞破烟樓矣嗣是有
李園草藕舫集蓮西藁近藩伯公彙梓之總名之曰

蒹竹亭詩亦不忘就正於余之意也王子于經史之餘留心內養著有道元集要中和指歸大羅衣缽諸編縱未遽得長生久視之術何至不能與庸常之輩較其修短蒼蒼者天果可知耶不可知耶嗚乎傷哉茲弟文學某將於本年二月十有二日祔葬王子於荊村南之祖塋持其狀以幽堂之筆請余余誼不可辭乃爲之誌而系之以銘銘曰

卓彼王子驪山之英髫年作賦弱冠蜚聲金臺奪幟譽滿公卿昂霄聳壑邦國之楨子安早喪長吉促生

青山留句丹水藏形兩媛從之容與層城文番百代

蒹竹之亭

趙玉譜曰賞嘆處正是慟悼之至墓誌文之有情致者

定遠將軍趙攸同公墓誌銘 乙丑

公諱萬福字攸同先世河南洛陽人自宋室南遷燕懿之後始家於紹興山陰公其後裔也公幼而穎異早年失恃廬墓三年有白烏棲於塋木長好學每讀書至前人忠孝事不忍釋手有時泣下其性之所感有獨深者屢試不售乃幡然曰大丈夫立功疆埸佩黃金印顯親揚名亦何必守定章句老死毛錐乎遂從事戎行所在著有異績歷官山西龍門叅將持己廉馭下寬輕裘緩帶有古儒將風娶丁氏亦以孝稱

一日母沈病公焚香告天刲股肉投藥內丁亦默禱竈神刲股肉投粥內不期並進相視默喻各含淚不言惟恐母或覺也母先啜粥後啜藥少頃曰吾神氣頓自清爽矣未幾復作遂不能起公乞終制格於例嘔血臥牀以病請乃得歸又廬墓三年朝夕悲泣冬月大雪墓前忽產靈芝九莖每夜輒吐光如星芒此地亦無積雪人皆以爲孝感云山孫若先生爲賦斐孝詩十章丁氏卒側室王氏繼殞公獨處一室讀書考道怡然自得二十年來如一日也性謙和無疾言

厲色然遇有不平事輙毅然争之不必假至敦宗族
睦鄉里排難解紛扶危濟困尤近世所罕見者公生
於故明萬曆己酉九月十六日辰時卒於康熙甲子
十一月二十八日申時享年七十有六高祖諱
字耐菴妣許氏常欲卜築鑑湖曾祖諱　字勤誠
贅於胡氏地名古城即鑑湖旁承先志云常拾人遺
金一囊權草中守之待失者至取付之遠近稱爲長
者祖諱　字兩崗太學生妣王氏生三子長諱
字養元廸功郎是爲公父太學公早卒王母堅貞

苦節教育諸孤卒能成立建功公能守父志積有陰
德常謂人曰吾後世必有興者亦早卒妣沈氏茹荼
課子無異於王而善事姑嫜克盡孝道尤過之公祖
父俱以公貴贈定遠將軍祖母王母沈贈封太淑人
元配丁氏封淑人邑太學梅峯公女孝於親宜於家
盖三世皆賢母云淑人生於己酉十二月初三日戌
時卒於康熙癸卯五月二十三日辰時享年五十有
五男三長宗業山陰庠生娶胡氏瑞辰公女繼娶李
氏茂林公女丁出次宗旺次宗定並殤女一適甲午

科舉人陳漁俱王出孫男一奕桓李出孫女三長胡出殤次二俱李出甲子仲冬余赴守南康偕趙子以往因述及老父在堂家山千里不勝瞻雲之思及抵康四月而公之訃音猝至趙子悲悼之狀幾不能堪已泣陳其世系以誌銘請余余覽其狀而知公之至孝格天凡書傳所載有不可及者趙子之能守先德實公有以啓之也遂不辭固陋而誌之如右併系之以銘曰

夫孝於親兮尤孝於親之親兮烏飛芝秀亦所感之

獨神兮代有賢毋門多孝子詢世德之醇兮鑑湖之
濱山高而木茂吾願與之爲隣兮